ラルーナ文庫

初心なあやかしのお嫁入り

宮本れん

JN214563

三交社

CONTENTS

Illustration
すずくら はる

初心なあやかしのお嫁入り

本作品はフィクションです。
実際の人物・団体・事件などにはいっさい関係ありません。

とても喉《のど》が渇いていた。

もうどれくらい歩いただろう。

行けども行けども見えるのは似たような景色ばかりで、同じところをぐるぐる回っているんじゃないかと思えてくる。もしや人間の世界は大きな輪っかのようになっていて、ぐるっと一周したらもとのところに戻るんだろうか。

翠《すい》は疲れた足を止め、すんすんと鼻を動かした。

「うーん……？」

山を下りてからというもの、どうも鼻が利かなくて困る。これでは方角もわからない。

地表から吹き上がるむわっとした熱気に柳眉《りゅうび》を顰《ひそ》め、翠は小さくため息をついた。

――困ったなぁ……。

灰色に固められた地面の下には生きものの気配もようと知れない。その上を、白や黒の乗りものが怖《おそ》ろしい速さで行き来している。

突然、すぐ傍《そば》でファン！　と大きな音を立てられ、翠は「ひゃっ」と飛び上がった。

「な、な、なっ」

びっくりして心臓が止まるかと思った。夜明けを告げる雄鶏ですらあんな大きな声では啼《な》かない。早鐘を打つ胸を押さえながら音のした方を向いた時にはもう、乗りものは遥《はる》か遠くへ行った後だった。

「はぁ……」

なんという速さだろう。これまで見たこともない。

すっかり肝を冷やした翠は、少し落ち着かなければとあらためて周囲を見回し、そこではじめて違和感の正体に気がついた。

「そういえば馬が一頭もいない。荷車も……」

天秤棒《てんびんぼう》を担ぐもの売りもいなければ、瓦版《かわらばん》を知らせる威勢のいい声も聞こえてこない。白い着物姿の翠とは違って、誰《だれ》もが活動的な服に身を包んで足早に道を行き来していた。

忙《せわ》しない光景に目が回ってしまいそうだ。これだけ多くの人が歩き回っても土埃《つちぼこり》ひとつ立たないなんて――ボロボロになった草鞋《わらじ》を見下ろし、翠はふうと息を吐いた。

「下ろしたてだったんだけどなぁ」

これが土の上なら歩いているうちに編み目に土が入り、摩擦も軽減されるのだけれど、いかんせんこうも硬い地面が相手では磨《す》り減るばかりだ。また作ろうにも、このあたりに材料となる稲藁《いなわら》があるとも思えない。

翠が暮らす山の麓《ふもと》には人間たちの集落があり、履きものを作る時はいつも田んぼに積み上がった稲木から少々失敬したものだった。

けれど、ここはどちらを見ても見慣れない家屋ばかりだ。翠が知っている家とは違って四角四面な上、見上げるほど大きい。その中に次々と人が吸いこまれていく光景はとても不思議なものだった。

あそこにはなにがあるんだろう。行ってみたいけれど、ちょっと怖い。

おっかなびっくりキョロキョロしていると、目の前を行き来していた乗りものが止まり、通りの向こうにいた人々が一斉にこちらに押し寄せてきた。

「え？　え？」

目をぱちくりしている間にも人の波は目前に迫る。それを懸命に避けていた翠だったが、急いでいると思《おぼ》しき男性が突然目の前に飛び出してきて、驚いて足を止めてしまった。

「わっ」

ぶつかる――――と思った瞬間、翠の身体《からだ》が半透明になる。

けれどそれはほんの一瞬のことで、男性が身体をすり抜けた後は何事もなかったようにもとに戻った。

「…………」

これぱっかりは何度経験しても慣れることがない。残された違和感に手で胸を押さえながら翠は小さくため息をついた。

それでも、どうしようもないことなのだ。人間たちは自分の姿を見ることも、その手で触れることもできない――翠は、あやかしなのだから。

姿形は人間となんら変わらない。それでも、道行く人々と比べると自分などだいぶ小さい部類に入るだろう。首も手も細く、膝丈《ひざたけ》の着物からも伸びた足も木の枝のようにほっそりとしていた。

白磁のような肌、光の輪を描く漆黒の髪。透き通った翠色《みどりいろ》の瞳《ひとみ》は美しく、はじめて己の姿を水面に映した時には自分でも驚いたものだった。――もっとも、それを気に入ってくれるようなものはいなかったけれど。

翠は人々の邪魔にならぬよう、大きな木に身を寄せる。四角く区切られた木の根元には桃色の小さな花が咲いていた。

「わぁ」

山では見たことのない花だ。こんなにきれいに咲いているのだから、きっと心やさしい誰かが大切に世話をしているんだろう。

身を屈《かが》め、花にそっと顔を近づける。

その途端、甘い匂《にお》いに嗅覚《きゅうかく》を刺激されたせいか、腹の虫がきゅるるる……とみっともない音を立てた。

「ううう」

慌てて両手で腹を押さえる。

山を下りてかれこれ三日、なにも口にしていなかった。

腹拵《はらごしら》えをしようにも食べられそうな野草は見つからず、かといっていい匂いのする場所にはたくさんの人が群がっていて、うっかり近づこうものなら次々身体をすり抜けていくので慌てて逃げ帰ってきた次第だ。

山を下りた目的さえ達成できれば気持ちも落ち着くのだろうけれど、肝心の手がかりどころか、自分が今どこにいて、どちらに向かっているのかもわからない。せめてこの姿が人に見えたら道を訊《たず》ねることもできるだろうに。

縋《すが》る思いでもう一度花に顔を寄せる。

蜜《みつ》の香りに腹がぐうぐう鳴り、いっそこれを食べて飢えを凌《しの》ごうかとも思ったものの、手入れをしているであろう誰かのことを思うとそれもできなかった。

そうこうしているうちに目の前がぐるぐると回りはじめる。身体に力が入らなくなり、見えるものすべてが真っ白になった。

「お、おなか……すい、た…………」

辛うじて膝をついたものの長くは保《も》たず、そのまま地面に倒れ伏す。

意識は瞬く間に飛んでいった。

「どうだ。目を覚ましたか」

「ううん、まだ」

「まだー」

「それにしてもおまえらは……。ガラクタの次はあやかしを拾ってくるとはな」

すぐ近くで誰かが話す声がする。

目を閉じたままぼんやりとそれを聞いていた翠は、ふと、漂ってくる匂いに意識を引き上げられた。食べものの匂いだ。それも、これまでかいだことのないような得も言われぬいい匂い。

――食べもの……。

ぱちっと目を開けた瞬間、視界に四つの瞳が飛びこんでくる。

それがなにかすぐにはわからず、ぱちぱちと瞬《まばた》きをしていると、今度は左右から同時に甲高い声が飛んできた。

「あー！」

「おきた！」

「わあっ」

びっくりして負けないくらい大きな声を上げながら身を起こした途端、ぐるんぐるんと目が回る。

「……おっと」

大きな手が頭を支えてくれたおかげで後頭部を打ちつけずに済んだものの、今度は自分を覗《のぞ》きこむ瞳が六つに増えた。

一対は茶色で、一対は黒。そしてもう一対はうさぎのように赤い。

それをぽかんと見上げていた翠だったが、ようやくのことで彼らが自分を見ていることに気づき、再び「わっ」と声が出た。

「なんだこいつ。またびっくりしてる」

「こら、いちご。こいつだなんて失礼だろう」

「あ、あの……」

もぞもぞと身動《みじろ》ぎながら身体を起こす。またしてもくらっとなりかけたものの、支えてもらっているおかげで倒れずに済んだ。

「おい。大丈夫か」

「はい…。ありがとうございます」

小さく頭を下げつつ、翠はあらためて三人を見やる。

手を添えてくれていたのは大柄な男性だった。あとのふたりは子供のようだ。翠に興味津々といったふうで、大きな身体の後ろに隠れながらもチラチラとこちらの様子を窺《うかが》っている。目が合うとぱっと身を潜めるくせに、またそうっと顔を出すのがかわいらしくて、見ているだけで頬《ほお》がゆるんだ。

――かわいいなぁ。

子供と対峙《たいじ》するのははじめてだけれど、ずっと眺めていたくなる。出たり引っこんだりするふたりに目を細めていた翠だったが、ふと、大事なことに気がついた。

「あれ？」

――ぼくの姿が、見えてる……？

これまで存在を認識されることなんてほとんどなかったのに。

「え？　あれ？　ほんとうに？」

それどころか身体を支えてもらった。彼の腕は身体をすり抜けたりしなかった。もしかして、彼らも自分と同じあやかしなんだろうか。仲間なら姿を見ることもできるし、もちろん触れることもできる。

でも、そうだとしたらここはどこだろう。人の住む場所にどうしてあやかしがいるんだろう。そしてなぜ、自分を連れてきたんだろう。訊《き》きたいことがありすぎて言葉にならず、キョロキョロとあたりを見回していると、それを見た男性がおかしそうに眉《まゆ》を寄せた。

「そう慌てなくても取って食ったりしない」

「えっ。く、食う？」

瞬時に身体がこわばる。

――もしかして、あやかしを食うあやかしとか……？

おそるおそる後退《あとずさ》る翠に、男性は安心させるようにゆっくりと首をふった。

「食ったりしない、と言ったんだ。俺は人間だ。心配するな」

「人間……」

それならますます不思議だ。

「人間なのに、どうして……」

自分のことが見えたり触れたりできるんだろう。首を傾《かし》げる翠に、男性は「順を追って説明した方がよさそうだな」とその場で座り直した。

「俺は近衛大地《このえだいち》だ。この店のオーナーシェフをしている」

「お、おーなー……し、ふ？」

なんだかちょっと違う気がする。はじめて聞く言葉だったのでうまく言えなかったかもしれない。

「オーナーシェフだ。わかるか？　あー、そうだな……料理人というのはわかるか？」

「料理人？」

「食事を作る仕事をしている。飯だ。見たことぐらいはあるだろう」

「あ！」

ようやくわかった。

いい匂いがしている店に近づいていった時、奥で鍋《なべ》をふるっているのを見たことがある。自分にはどうやって作るのかまったく見当もつかないものの、大地はあのいい匂いのもとを作ることができるのだと言う。本人は人間と言ったけれど、もしかしたら神様なのかもしれない。

「近衛様は、すごい方なんですね」

尊敬の気持ちをこめて言った途端、大地は再び苦笑した。そうやって眉を下げているとキリリと整った顔立ちも少しだけ身近に思える。

「ごく普通だ。だから様なんてつけなくていい」

「それなら、なんて……？」

「大地でいい」

白い歯を見せる大地を見上げながら翠は、ほう、と息を吐いた。

——こんな人もいるんだ……。

それはほんとうに驚きだった。

彼は、これまで見かけたどの人間とも違っていた。

大柄だけれど威圧感のようなものはなく、男らしい面差しに真っ黒な服がよく似合う。

「コックコート」というのだそうだ。髪も目も深みを帯びた焦げ茶色で、日に焼けた肌に馴染《なじ》んで見えた。

「その様子だと人間と接するのははじめてだろう。店というのはわかるか？　ここは会員制の隠れ家レストランだ。琥珀亭《こはくてい》という」

料理屋のことだと説明され、翠は頷《うなず》く。それ以外のことはよくわからなかったけれど、構わん、と軽く流された。

「ところで、おまえは？」

「え？」

一瞬なんのことかわからずに首を傾げる。名前を聞かれているのだと気づき、上擦った声で「翠」と答えた。

「翠か。いい名だ。おまえの瞳の色だな」

「……は、はい」

そんなふうに言ってもらえるとは思ってもおらず、またも返事が遅れてしまう。

けれど大地はお構いなしに「ところで」と話題を変えた。

「腹が減っているんだろう？」

「どうして、それ……」

「行き倒れていたそうじゃないか。いちごとさんごがここに運んだ」

「いちご？　さんご？」

「こいつらだ」

大地が後ろに隠れていた子供らを促す。はじめはもじもじしていたふたりも、「ほら」と背中を押されて前に出た。

「黒い方がいちご。白い方がさんごだ」

「大地、てきとう」

「てきとうー」

紹介が気に食わなかったのか、ふたりはぷうっと頬を膨らませる。

膝丈の黒い着物に身を包んだいちごは髪も黒色なら目も漆黒だ。その上肌まで褐色で、大地が「黒い方」と言ったのも頷ける。

一方のさんごは膝丈の白い着物を身に纏《まと》い、艶《つや》やかな銀色の髪を肩で切り揃《そろ》えている。血赤珊瑚《ちあかさんご》のような真紅の瞳が白い肌によく映えた。

そんなふたりは双子らしい。どうりで息もぴったりだ。

翠の方に向き直ったふたりは我先にと口を開いた。

「あのね、お花の中にたおれてたんだよ」

「おれが見つけたんだ」

「ぼくが声をかけたの」

「おれはよせって言ったんだけど」

「助かってよかったね」

「運ぶのたいへんだったんだぞ」

どうやら、自分を助けてくれたのはこのふたりのようだ。見たところほんの四、五歳の子供なのに、運んだというのはどういう意味だろう。

首を捻《ひね》っていると、翠の疑問を見透かしたように大地が「こいつらは半妖《はんよう》だ」と教えてくれた。

「あやかしと人の間《あい》の子なんだ。力はあやかし並みにある」

「なぁなぁ。翠は、あやかし？」

いちごが待ちきれないというようにすぐ傍から見上げてくる。きらきら光る目といい、生き生きした表情といい、とても利発そうな男の子だ。気が強いところも子供らしくてかわいらしい。

「じゃあ、ぼくらとおんなじ？」

一方のさんごは女の子と見紛《みまが》うほど愛らしく、上目遣いにはにかみ笑うのがとてもかわいい。おっとりしている性格なのか、いちごとはまるで正反対だ。

そんなふたりを翠はしげしげ見つめる。半分人の血が入っているとはいえ、自分以外のあやかしを見るのはほんとうに久しぶりだ。思いきってふたりの方に手を伸ばすと、子供たちはためらいもせずに小さな手で翠の指をきゅっと摑《つか》む。自分より高い体温に包まれるのは不思議な感じで、「ほわぁ」とおかしな声が出た。

目が覚めてからというもの、次々とはじめてのことに遭遇している。この場所もそうだ。ようやく気持ちが落ち着いてきた翠は、あらためて周囲を見回した。

「どうした。気になるか」

大地の言葉に「はい」と頷く。

「見たことのないものばかりで……。あ、これは木でしょうか？　山の土と同じ色」

「床材は落ち着いた色にしたくてな。おまえは山に住んでいたのか。それなら、壁も森の色だろう」

「ほんとうだ」

指された方に顔を向けると、壁は深い緑色に染められていた。

早朝、まだ朝靄《あさもや》が立ちこめる中、生い茂る木の枝々を下から見上げた時の色。守られているようで、それでいて胸がすうっと透くような清々《すがすが》しさを感じさせる。モスグリーンという色なのだと大地が教えてくれた。

「自然の中にいるみたいだって、これでもわりと評判なんだ」

「わかります。とても落ち着きます」

ふう……とゆっくり息を吐くと、それを見た大地が目を細める。そうして山のことしか知らない翠にひとつずつ説明してくれた。

壁の一角を占める飴色《あめいろ》のドア。

店の右側には十席ほどのL字カウンターがあり、反対側には四人がけのテーブルが三つ並んでいる。そのすべてが木製で、長い間大切に使われてきたことを窺わせる上品な艶を放っていた。

こうしてひとつひとつ教わっていること自体、とても不思議だ。昨日の自分には想像もつかなかった。

「ありがとうございます、大地さん」

深々と一礼した途端、またも胃がきゅるるる……と鳴る。ほっとして気がゆるんだからかもしれない。慌てて腹を押さえる翠に、大地は形のいい眉を下げながら「なにか用意しよう」と立ち上がった。

「食べるものを作ってやる。開店までまだ時間があるからな」

「でも」

「行き倒れを放っておくわけにはいかないだろ」

「す、すみません……」

助けてもらったばかりか、そんなことまで厄介になるなんて申し訳ないと思ったものの背に腹は替えられない。目が回りそうな空腹を抱えた翠は、その申し出にありがたく甘えさせてもらうことにした。

大地はカウンターをぐるりと回って厨房《ちゅうぼう》に立つと、すぐに手を動かしはじめる。

はじめはテーブル席に座った翠だったが、もっとよく見ようと身を乗り出し、それでも足りずに席を立ち、最後はカウンターで真ん前の椅子《いす》を陣取った。

――やっぱり神様だ……。

シェフの手つきはテキパキとしていて無駄がない。些細《ささい》なことに気を取られている間にも材料は刻々と形を変える。翠は、瞬きをするのも惜しんで大地の手をじっと見つめた。

大地は細切りにしたピーマンとバターライスを炒《いた》め合わせ、塩と胡椒《こしょう》で味を調えたところへ鶏胸肉のトマトソースを加える。

それを平皿に楕円形《だえんけい》に盛りつけておき、今度は別のフライパンに溶き卵を流し入れた。じゅうっと音を立てる卵液を手早く混ぜ、鍋の際で形を整えたオムレツをチキンライスの上に載せる。あたためておいた特製デミグラスソースを周りにたっぷりとかければでき上がりだ。

たまらないこの匂い。吸いこむだけでお腹がぐうぐうと鳴る。

大地は手を動かしながら工程のひとつひとつを解説してくれたのだけれど、残念ながら翠にはちんぷんかんぷんだ。それでも、材料が目の前でおいしそうな料理に変わっていくのを見るのは夢のようだった。

「待たせたな」

そう言って目の前に皿を置かれる。

翠はカウンターの端に両手を揃え、ほかほかと湯気を立てているものにじっと見入った。そうっと顔を近づけてみると甘くやさしく、胸がいっぱいになるようないい匂いがする。たちまち口の中に唾液《だえき》があふれ、心臓がドキドキと高鳴った。

「あ、オムライスだ！」

「おれ、だいすき！」

「ぼくも！」

驚いている翠の左右に陣取るなり、子供たちはきゃあきゃあとはしゃぎながら食べ方を教えてくれる。

さんごがチキンライスの上に載ったオムレツをナイフで縦に割り開くと、それはあっという間に左右に解《ほぐ》れ皿一面を覆い尽くした。中からはとろとろとした半熟卵が現れる。

「……！」

こんなものははじめて見た。胸がいっぱいで言葉にならない。

感激するまま見上げる翠に、大地は苦笑とともに頷いてくれた。

「遠慮しないで食っていいんだぞ」

「あっ…、ありがとうございます！」

カウンターに額がつくほど頭を下げる。さんごから「これを使うんだよ」とスプーンを渡され、おそるおそる一匙掬《ひとさじすく》った。

「‼」

口に入れた途端、やわらかな卵がとろりととろける。それはトマトの爽《さわ》やかな酸味やデミグラスソースのコクともあいまって、たちまち翠を虜《とりこ》にした。

「あぁ、うまかったんだな」

大地の言葉にこくこくと頷きながら夢中になってスプーンを動かす。

「そんなに急いで食うと喉に閊《つか》えるぞ。ゆっくり食え」

くすくすと笑われながらもどうしても待ちきれなかった。一口食べ終わるとすぐに次の一口がほしくなる。

こんなにおいしいものがこの世にあったなんて。

それを、見ず知らずの自分に食べさせてくれるなんて。

もぐもぐと口を動かしながら胸の奥がじわっと熱くなる。うれしいのに泣きたくなって喉の奥が詰まり、飲みこむはずだったご飯が閊えた。

「ん、っ」

「ほら見ろ。スープも飲め」

「……んー！」

勧められるまま、勢いよくオニオンスープに口をつけた翠だったが、今度はその熱さにびくっとなる。

「猫舌だったか……。悪かった」

慰めるように大きな手が頭を撫《な》でてくれる。涙目の翠を見かねたのか、さんごも横からふうふうとスープを冷ますのを手伝ってくれた。

「翠、だいじょうぶ？」

「水もってきた！」

いちごはコップになみなみとお替わりを注いでくれる。感謝とともに一息に飲み干し、ようやくのことで人心地着いた。

「ありがとうございます、皆さん。ほんとうに……」

よろよろと礼を言う翠に三人が笑う。おいしくて、うれしくて、なにより心遣いがありがたかった。

「おいしい？」

顔を覗きこんできたさんごに翠は「とっても」と頷く。

「あのね、大地はプリンもじょうずだよ」

「プリンたべたい」

「たべたいー」

ふたりはプリンプリンと連呼しながら椅子の上で楽しそうに足をぱたぱたとさせた。

にぎやかな子供たちに挟まれながら翠は食事を再開する。今度は落ち着いて、ふうふう冷ましながらゆっくりと。それでも、きれいに完食するまでそう時間はかからなかった。

食べ終わった皿の上にスプーンを置き、あらためて三人に頭を下げる。

「大地さんにいちごさん、そしてさんごさんも、皆さんぼくの命の恩人です。ほんとうにありがとうございました」

「へへへ」

「ふふふ」

子供たちは得意げだ。「ごはんの後は、『ごちそうさま』だよ」と教えてくれる。

見よう見まねでふたりの真似《まね》をする翠の前で、けれど大地だけは思うところがあるのか、どこか複雑そうな顔をしていた。

――どうしたんだろう……？

なにか気に障るようなことを言ってしまったんだろうか。

窺うように見上げていると、視線に気づいた大地は少し寂しそうに笑った。

「俺も恩人なんて呼ばれるとはな」

「あ…、えと……」

なんと言っていいかわからず、首を傾げているうちに目の前の皿をひょいと取られる。

「腹は足りたか？」

「はい。充分いただきました」

「ペロッと平らげたな。これだけ食えれば心配ない」

大地は皿を流しに下げた後で、あらためてこちらを見下ろしてきた。

「それにしても、なんだってこんなになるまで飲まず食わずでいたんだ。往来で行き倒れるなんてよっぽどのことだろう」

「そ、それは……」

核心を突かれてドキッとなる。打ちあけても迷惑にしかならない気がして、翠は思わず目を伏せた。せっかく助けてくれたのに嫌な気持ちにさせたくない。

それでも、見上げた大地は心配そうな顔をしていて、翠が話し出すのを待っているように見えた。

——いいの、かな……。

ごくりと喉が鳴る。

「長いお話になります」

「構わん。乗りかかった船だ」

最後はまっすぐな眼差《まなざ》しに背中を押されるようにして、翠は思いきって口を開いた。

「ぼくは、長い間ずっとひとりでした——」

そのことに気づいたのはいつだっただろう。

自分がどうやって生まれ、なぜあやかしになったのか、わからないまま気づいたらこの世にぽつんと存在していた。見た目は人間でいうところの十六、七歳だが、それも実際は定かではない。親もなく、兄弟もなかった翠は長らくひとりきりで生きてきた。

幸いなことに、山には滾々《こんこん》と水が湧《わ》いていたため山菜や果物がよく採れた。山の奥には洞窟《どうくつ》があり、翠を雨風から守ってくれた。生まれた時からひとりだったあやかしは孤独というものを知らずにいた。

そんなふうにひっそりと暮らしていた翠はある日、川を辿《たど》っていった先に里山があることを知った。

「そこで、生まれてはじめて人間を見ました。自分とよく似た姿形の彼らを見て、とてもうれしかったことを覚えています」

それまで目にするものといえば鳥や魚、せいぜいが猿ぐらいのものだった。

それが、やっと仲間に出会えたのだ。胸にぐうっと突き上げるものがあった。今思えばそれは安心とか、拠り所《よどころ》を見つけたような思いだったのかもしれない。

だから勇んで駆けていって人間たちに声をかけたのだけれど、残念ながら相手にされることはなかった。見知らぬものにそっけなくしているというより、翠がいること自体を認識していないようで、後ろから「わっ」と驚かしてみたり、目の前に飛び出してみたりと思いつく限りのことをやってみたものの、結果はいつも同じだった。なにをしても反応が返ってこないことから、自分の姿は相手に見えていないのだと悟った。

「がっかりしました……。友達になれたらいいなって思ったから」

自分にとってはじめての友達に。

「山から出たのはそれ以来か」

「いいえ。時々は里山に」

言葉を交わすことはできなかったけれど、それでも彼らのもとに通っては、人のすることをじっと眺めた。火の起こし方や草鞋の編み方、それから文字の読み書きもそうやって覚えたものだ。

そんな生活がどれくらい続いただろう。

ある時、山で木の実を採っていた翠に声をかけるものがあった。

「『おい、おまえ』と。あの時のことは今でもはっきり覚えています——」

驚いてふり返ると、そこには痩《や》せ形の男が立っていた。

濃灰色の着物の前を大きく開け、そこへ片腕を突っこんだだらしのない格好で木に凭《もた》れかかっている。見たところ、自分より十は年上だろうか。風が灰色の髪を巻き上げる中、相手はなにかを見極めようとするように灰色の目を鋭く眇《すが》めた。

その彼が今、確かに言った。おい、おまえと。

——ぼくが、見えてる……？

これまで誰に会っても気づいてもらえなかったのに。

あまりに思いがけないことだったため、すぐには返事もできなかった。オロオロとあたりを見回し、自分しかいないとわかってもなお、ほんとうに声をかけられているのか自信が持てずに翠は狼狽《うろた》えるばかりだった。

──それでももし、これが夢じゃないなら……。

一縷《いちる》の望みに賭《か》ける思いでおそるおそる「はい」と応《こた》える。

すると相手は無遠慮にこちらに近づいてきて、目の前に仁王立ちした。

「おまえ、あやかしだろ」

「……あやかし？」

それはなんだろう。

言われている意味はよくわからなかったものの、今の翠にとってそんなことはどうでもよかった。存在を認知してもらえることがこんなにうれしいことだったなんて今の今まで知らなかったからだ。

こちらを見下ろす相手を翠もまた一心に見上げる。安心と昂奮《こうふん》がない交ぜになって鼓動が高鳴るのが自分でもわかった。

そんな翠に、男は呆《あき》れたように鼻を鳴らす。

「どうも頭の鈍いやつだな。そんなことも知らねぇのか」

「あ、あの、すみません。ずっとひとりだったので……」

周りに教えてくれるものはいなかったし、人間たちの傍にいても自分自身を知る機会はなかった。

けれどそのせいで、せっかく話しかけてくれた相手の機嫌を損ねたのなら申し訳ない。素直に頭を下げる翠に、男はまんざらでもなさそうに「まぁいい」と吐き捨てた。

「周りに気配がないのは嘘《うそ》じゃねぇようだしな」

「え？」

「そういうのは匂いでわかる。俺はこの山一帯どころか、もっと遠くまで鼻で辿れるのが自慢なのよ」

男はそう言って人差し指で鼻の下を擦《こす》る。驚きに目を丸くする翠に気をよくしたのか、彼は得意げにフンと笑った。

「そういや人間に会ったことあるか？　おまえのことが見えてなかったろう。あいつらをからかうのはおもしろいぞ。目の前で藁を持ち上げてやると驚いて腰を抜かす」

「それは……」

人間たちからすれば、藁がふわふわ宙に浮いたように見えてさぞやびっくりするだろう。それでも、翠にはとてもそんなことをする気にはなれなかった。

彼らは間接的にいろいろなことを教えてくれた存在だ。それをおもしろ半分にからかうと言われてあまりいい気はしなかった。

「いくら見えていないからって、そういうのは……」

そこまで言いかけて、あれ？　と気づく。

「そういえばどうしてわかるんですか、ぼくが人から見えていないって。そしてあなたも同じだって……それって………」

言いながらひとつの結論に辿り着く。

見上げると、男はニヤリと口角を上げた。

「俺も、おまえと同じあやかしってやつだ」

「……！」

驚きのあまり息が止まる。ぽかんと口を開けたまま、翠はまじまじと男を見つめた。

――ほんとうに……？

まさか仲間に出会えるなんて。同じ運命を背負っているなんて。

思いがけない同胞の登場にこれまで胸の奥に押しこめていた思いが一気にこみ上げる。

この偶然を偶然で終わらせたくないという強い気持ちに突き動かされるまま、翠は思いきって口を開いた。

「ぼく、翠といいます。よかったらお友達になってもらえませんか」

自分にとって、はじめての。

期待をこめて見上げる翠に、篝《かがり》と名乗った男はやれやれと肩を竦《すく》めた。

「しょうがねぇな。その代わり今日はおまえんとこ泊めろ。俺には塒《ねぐら》がない」

「は、はい。どうぞ。……でもあの、塒がないってどうして……」

「別に大した理由はねぇよ。一箇所にじっとしてんのが好きじゃないだけだ。あちこち渡り歩く方が性に合ってる。うまいもん用意してりゃ時々はおまえんとこにも寄ってやる」

「は……はい！」

友達になってくれると言った。時々遊びに来てくれると言った。

篝の顔を見上げながらじわじわと熱くなる胸を押さえる。これからは、楽しそうに笑う人の輪の外で唇を嚙《か》んでいなくていい。返らぬ言葉に傷ついていないふりをする必要ももうないのだ。

翠はよろこんで自分の洞窟に篝を招き、精いっぱいもてなした。

今日採った果物も、冬の間の保存用に取っておいた干物も、篝が求めれば快く出した。彼がよろこんでくれるのがうれしくて、それに応じられることが誇らしくて、篝のおかげで生まれてはじめてしあわせな時間を過ごすことができた。

それ以来、篝はたびたび翠の住処《すみか》に顔を見せるようになった。

ただ、彼には飽きっぽいところがあり、前によろこんで食べたものを次も同じように口にしてくれるとは限らなかった。それでもたまに顔を見せる篝と話をするのが楽しくて、翠は彼の訪問を心待ちにするようになった。

時には邪険にされたり、辛辣《しんらつ》な言葉を投げられることもあったけれど、あちこち歩いて疲れているのかもしれないと考えた。自分も山深くへ分け入った日などはぐったりしてしまうことがある。

だから、そんな時こそたくさんのおいしいものでもてなして、少しでも疲れを癒《い》やしてあげたかった。「これは好きかな」「あれはどうかな」といろんなものを用意して篝が来るのを待ち侘《わ》びるのがいつしか習慣になっていた。

そうやって冬を乗り越え、春をよろこび、夏を謳歌《おうか》し、秋を迎える。

何度目かの盛夏を過ごしていたある日、ほんの偶然から不幸は起こった。久しぶりに篝が顔を見せた夜だった。

「腹が減った。なんとかしろ」

「篝さん」

やって来るや開口一番、食事の支度を命じられる。どうもいつになく機嫌が悪い。空腹だけでなく疲れも溜《た》まっているようだ。そんな時、さっと出せるものがあったらよかったのだけれど。

「すみません。今日はあいにく食べものがないんです。急いで採ってきますから待っていてください。なにか食べたいものはありますか？」

「あぁ？」

篝の語尾が跳ね上がる。イラついている時の彼の癖だ。

「こ…、この間は枇杷《びわ》をおいしいと言って気に入ってくれましたよね。でも、今の時期はもう終わっていると思うので……、わっ」

話もそこそこに胸倉を摑まれそうになり、翠はとっさに篝の腕を押し留《とど》めた。

ひょろりとした身体のどこにそんな力があるのか、彼の腕力は自分などの比ではない。

謝りながら夢中で腕を押し退《の》けようとした時にふと、妙な感覚に陥った。

――あれ……？

篝の腕に触れている指先から手のひらにかけて、光に包まれたようにあたたかくなる。

それとともに、なぜだろう、頭の中に妙な感覚が流れこんできた。

一番はじめに感じたのは爽やかな香り。

それからシャクッとした歯応えと、嚙み締めるほどに口いっぱいに広がる果汁の甘さ。

さっぱりしていて酸味もあり、日中の暑さに火照《ほて》った身体を鎮めるのにもちょうどいい。

大ぶりの梨《なし》がいくつもぶら下がっている枝を想像し、思わずこくりと喉が鳴った。

――なんだろう、これ……？

梨自体は翠も好きだ。

けれどどうして、唐突にそんなことを考えたんだろう。まるで自分の意志じゃないみたいに……。

しげしげと篝の腕を掴む手を見つめる。そういえば触れたところがあたたかくなって、なにかが流れこんでくるような感覚があったけれど、まさか――。

ぱっと手を離した途端、瞬時にそれまでのイメージが消える。こんなことははじめてで翠は茫然《ぼうぜん》としたままじっと自分の手のひらを見つめた。

――ここから、篝さんの考えていることが……？

もしそれがほんとうなら、彼は食べたいものを思い浮かべていたのかもしれない。それならちょうどよかった。

「ぼく、梨を採ってきますね」

よいしょと腰を上げようとした途端、篝が怪訝《けげん》な顔をする。

「待てよ。なんで梨なんだ」

「篝さん、食べたいって思いませんでしたか？　腕に触ってたら考えてることがわかったような気がして……」

そう言った瞬間、篝はサッと青ざめた。蛇のように細い目がみるみるうちに驚愕《きょうがく》に見開かれていく。

「おまえ、〈サトリ〉だったのか……！」

「え？　え？」

「ちくしょう。なんの取り柄もないくせに、そんな力を持っていやがったなんて」

篝は忌々しそうに吐き捨てる。それでもなお足りないとばかり、狼狽える翠に向かって人差し指を突きつけた。

「いいか。〈サトリ〉の力は誰でも持てるもんじゃねぇ。選ばれたものしか授からないんだ。だからあやかしの中でも一目置かれる。それをなんでおまえなんかが……俺の方がよっぽどふさわしいのに……！」

「す、すみません。ごめんなさい」

怒りの砲弾を浴び、ただただ謝ることしかできなかった。

翠自身、そんな力を望んだこともなければ、誰かから授かった覚えもない。持って生まれたものとしか言いようがなかった。

けれど、そんな答えで篝が納得するはずもない。せっかくできた友達をなくしたくない一心で翠はひたすら詫《わ》び続けた。

「ごめんなさい。もうしません。もう二度と篝さんの考えを読んだりしません。不愉快な思いはさせません」

「それだけで済むと思ってんのか」

「な、なんでもします。だからどうか、これからも友達でいてください」

「へっ。〈サトリ〉の友達なんて冗談じゃねぇ。気持ち悪くて傍にいられるかよ」

「篝さん」

思わず前のめりになった途端、篝に胸をドンと突かれる。

「近寄るな。考えを読む気か」

「そんなこと」

「人のプライド踏み躙《にじ》ってくれた挙げ句に覗き見たぁ、いい度胸だな」

「そんなつもりは……！」

誤解だと必死に訴える翠に、篝は氷のように冷たい目を向けた。

「お友達ごっこならよそでやれ。これからおまえは、俺のただの使い捨ての駒《こま》だ」

縋る余地もない言葉に愕然《がくぜん》とする。我儘《わがまま》なところもあったけれど、これまで仲良くしてくれていた篝の人が変わったような態度に胸がズキッと痛くなった。

彼と出会って、自分の世界は変わった。

他愛《たわい》もない話をして同じものを食べ、洞窟の奥で身を寄せ合って眠る。それがどんなにうれしかったことか。篝を失ったらまたもとの暮らしに戻る。いや、誰かと過ごす心地よさを知ってしまった分、もうひとりぼっちの日々には戻れそうになかった。

たったひとりの仲間を失いたくない。

もとのとおりにはならないとしても。

藁にも縋る思いで翠はこれからの関係を受け入れる。それからというもの、どうしたら捨てられずにいられるかを考える日々が続いた。

こうなったのも、もとはと言えば自分が不用意に彼の心を覗いたせいだ。こんな自分が〈サトリ〉の力を使ったのだから快く思われなくてもしかたがない。

これからも友達でいてもらうために、お詫びの気持ちを形にしよう。山で採れるものは見慣れているだろうから、里山で彼が気に入りそうなものを見つけてこよう。受け取ってもらえるかはわからないけれど、それが自分にできるせめてもの罪滅ぼしだと思うから。

「――それが、ぼくが山を下りた理由です」

翠は静かに話を結ぶ。

大地と一緒に話を聞いていた子供たちは、呑《の》まれたように顔を硬くこわばらせていた。怖い思いをさせてしまったかもしれない。「ごめんなさい」と謝る翠に、ふたりははっとしたように首をふった。

「翠、わるくない」

「翠、かわいそう」

一生懸命な顔を見ているとそれだけで胸がきゅんとなる。さっき食べたオムライスみたいだ。あったかくて、やさしくて、包みこまれるような気分になる。

――ずっとこうしていられたらいいのに。

ついそんなことを考えてしまい、翠は胸の内で己を戒めた。山を下りた目的を見失ってはいけない。篝が受け取ってくれるようなお詫びの品を見つけなくては。

けれど――。

同時に不安がこみ上げる。

彼は、自分の帰りを待っていてくれるだろうか。あちこちを放浪しているような人だ。翠が山を下りたこと自体知らないかもしれない。あるいはすでに気がついていて、勝手にどこかへ行ったならそれっきりだと切り捨ててしまっているかもしれない。

――どうしよう。どうしたら……。

そんな、寂しさとも焦りともつかない気持ちを敏感に察したのか、子供たちはつられてしょんぼりとしている。翠は慌てて「大丈夫ですよ」とふたりの頭を撫でてやった。そう口に出して言うことで自分自身を安心させたかったのかもしれない。

そんな三人を見て、それまで黙って聞いていた大地がおもむろに口を開いた。

「友達というのは、お互いが対等だから成り立つものだ。一方的に搾取をしたり、それに応えるような関係は友達とは言えない。……言いにくいことだが、手土産《てみやげ》を持って戻ったとしても相手の機嫌が取れるのは一時だけのことだと俺は思う。むしろそのことに味を占めて、おまえを使い走りとして扱《こ》き使うかもしれない。そんな相手と一緒にいては苦しむだけだ」

「大地さん……」

「おまえも、ほんとうはわかっているんだろう？」

諭すようなおだやかな声。

翠はただ、返す言葉もなく俯《うつむ》いた。見ず知らずの自分を案じてくれたことに驚いただけでなく、核心を突かれて答えられなかったのだ。大地の言うことはよくわかる。長い間、自分でも見て見ぬふりをしてきたことだったから。

――でも……。

それでも、篝は大切な仲間だ。ひとりぼっちで生きてきた自分にはじめて声をかけてくれた相手なのだ。

そう言うと、大地はますます思案顔になった。

「どうも心配だな……。あまりに世間を知らなすぎて欺《だま》されているとしか思えない」

もう少し視野を広げた方がいいと言われても、どうしたらいいかわからず途方に暮れてしまう。

そんな翠に、大地はなにか思いついたのか、「そうだ」とパチンと指を鳴らした。

「それならここに住んで勉強がてらバイトをしないか。ちょうど手が足らなくなってきたところだったんだ」

「え？」

それはどういう意味だろう。それに、バイトというのはなんだろう。

きょとんとする翠に、大地はていねいに説明してくれた。

「ここなら毎日客が来るし、彼らと触れ合ううちにいろいろな世代の考え方も知ることができる。おまえがホールスタッフとして客の注文を取ったり、皿を出したりできるなら、俺も相応の金を払おう。それで手土産を買うといい」

「あの、お気持ちはうれしいのですが、そういうことはわからなくて……」

「大丈夫だ、やり方は全部教える。あとはおまえの頑張り次第だ。どうだ？」

顔を覗きこまれ、無意識のうちに喉が鳴った。

なんというありがたい申し出だろう。大地の言うように、ここにいれば見聞も広がるに違いない。手土産を買うための対価のことだって自分では考えつきもしなかった。

けれどその反面、おっちょこちょいの自分に務まるだろうかという不安もある。

なにより、あやかしの姿は人には見えない。皿がふわふわ浮いたりしたらせっかく来てくれたお客さんを怖がらせてしまう。

「やっぱり僕じゃよくないかと……」

尻《しり》ごみする翠に、大地は待ってましたとばかりにニヤリと笑った。

「安心しろ。ここはあやかし専門のレストランだ」

「えっ」

彼は今なんて言った？　あやかし専門って？

思わず腰を浮かせてしまう。

そんな翠にもう一度座るよう促してから、大地はゆっくり話しはじめた。

「さっき会員制の隠れ家レストランと言ったろう。会員制というのは、限られた客だけが入れる場所という意味だ。なにせあやかし専門だからな。人が紛れこんだらおかしなことになる」

「でも、あの、あやかしってどこから……」

毎日山を下りて通ってくるんだろうか。それはなかなか大変そうだ。

目をぱちくりする翠に、大地は苦笑しながら首をふった。

「人間界にもたくさんいる。人に擬態して、人間と同じように社会生活を送ってる」

「そ、そうなんですか」

全然知らなかった。他に仲間がいたことも、彼らが人間界にいたことも。

「そういう事情もあって、この店はあまり目立たない住宅街の外れにある。一階が店舗、二階が住居だ。……まぁもっとも、それでもたまに『見える』人間が寄ってくることもあるけどな」

「そんな時はどうするんですか」

「こいつらの力で弾《はじ》いてる」

大地が目で子供たちを指す。

「結界を張ってもらってるんだ。ふたりの強い妖力で人間が立ち入るのを防いでる」

「わぁ、すごい」

驚いて左右を交互に見ると、ふたりは得意げに「でしょー！」と胸を張った。

まだこんなに小さいのに立派に役に立っているなんて。しかも、翠にはとてもできないような大きな力を毎日駆使して。

「ここにいれば、他の仲間たちにも会えるぞ」

「他の……」

つけ加えられ、がぜん気持ちが傾いた。

他のあやかし仲間にも会ってみたい。それに、ここで働かせてもらいながら命の恩人である大地にも恩返しができれば……。

――やってみようか。

翠は思いきって顔を上げた。

「お役に立てるように一生懸命頑張ります。ぼくをここに置いてください」

頭を下げると、大地はにっこり笑いながら「これからよろしくな」と握手を求めてくる。

子供たちも椛《もみじ》のような手で万歳しながら「きゃー」と歓声を上げた。

「おれが見つけたから、翠はおれの」

「ぼくが声をかけたから、翠はぼくの」

「？」

高らかに宣言されたはいいものの、意味がわからずにきょとんとなる。

「おまえらはまったく……」

大地は嘆息とともにカウンターを迂回《うかい》するなり、翠にくっついている子供たちを後ろからベリッと引き剝《は》がした。

「やー」

両脇《りょうわき》に抱えられた子供たちがたちまち不満の声を上げる。その姿がまるで米俵を抱えているみたいだと言うと大地は不思議そうに首を傾げ、それから一瞬の間を置いてあかるい声を立てて笑った。

「どうもおまえは喩《たと》えが古いな。それがおもしろくもあるが」

「そ、そうですか……」

しみじみ言われるとなんだか気恥ずかしい。それでも、大地が笑っているのを見ているうちになんだかおかしくなってきて、翠も一緒になって笑った。

料理をしている時は真剣で、どこか話しかけにくい雰囲気さえあるのに、こうして笑っている大地を見るとほっとする。その存在の大きさやあたたかさに心がほっと解れていくのがわかるのだ。

そんな大地は子供たちを床に下ろし、目の前にしゃがみこんだ。

「これからは翠も一緒に暮らすぞ。ふたりとも、仲良くできるな？」

「できる！」

「ぼくも！」

「よし。約束だ」

大きな手で頭を撫でてやっている大地と、楽しそうにきゃあきゃあよろこぶ子供たちを見ながら、仲のいい家族だなとほのぼのする。いちごやさんごにとって大地はとてもいい父親なんだろう。

そう言うと、三人は揃って首を傾げた。

「俺は人間だと言ったろう」

「あ、そういえば……」

大地に「冷蔵庫におやつのプリンが入ってるぞ」と囁《ささや》かれ、子供たちは勢いよく厨房の奥に駆けていく。

「別にあいつらに秘密でもなんでもないが、一応な」

大地は隣の椅子に腰を下ろし、なんでもないことのように続けた。

「俺と子供たちは血がつながっていない。わけあって知人から預かっている」

「そうだったんですか。立ち入った話を、その……、すみませんでした」

「構わん。一緒に暮らすなら話しておいた方がいいだろう。それに、おまえの話もだいぶ聞かせてもらった。これでおあいこだ」

「大地さん」

そう言ってもらえると気持ちも軽くなる。グラスを口に運びながら翠はあらためてその端整な横顔を見上げた。

不思議な人だ。子供たちを育て、店を切り盛りし、大変なこともたくさんあるだろうにどっしりと構えている。こうして話をしているだけで大きく包みこまれるような安心感を覚えるのだ。

それは、彼が人であるにも拘《かか》わらず、あやかしを理解してくれていることも大きいかもしれない。これまで出会ったどの人間も翠の存在にさえ気づかなかったから――。

「そういえば大地さん、どうしてぼくのことが見えるんですか？」

今さらながら、訊くのをすっかり忘れていた。

「俺の叔父《おじ》さんも見える人だったんだ。だからそういう体質なのかもな」

「体質……」

「よくあるだろ。幽霊が見えるとか、透視ができるとか」

あっけらかんと返されたところをみると、大地にとってはごく当たり前のことのようだ。

彼の叔父もかつてこの店であやかしたちを迎えていたと聞いてなるほどと思った。

「大地さんの叔父さんもお料理を作っていたんですね」

「俺が料理人になったのはあの人の影響だな。小さい頃から憧《あこが》れたもんだ」

昔を思い出しているのか、大地が鳶色《とびいろ》の目をやさしく細める。

「俺ももともと料理が好きだったんだ。専門学校を出てからは地元のレストランで働いていたんだが、三年経った頃だな……叔父が亡くなった。生涯独身を貫いた人で、俺の両親が店を手放す相談をしているのを聞いて俺が継ぎたいと申し出た」

生前からどこか浮き世離れしていた叔父のことを大地の父は理解しかねていたらしく、当然、店を継ぎたいという息子とは一悶着《ひともんちゃく》あったらしい。それでもやさしい叔父が大好きだった大地は両親を再三に亙《わた》って説得の上、ようやくのことでこの店を譲り受けることができたのだそうだ。

「親父《おやじ》には散々『感傷的になるな』と言われたがな。だが叔父にとっても、皆にとっても、大切な場所をなくすわけにはいかなかったんだ」

大地が不意に、どこか遠くを見るような目をする。

「まだ叔父が店をやっていた頃、夜遅くに近くを通りかかったことがあった。店から出てきた客は驚いたことに異形《いぎょう》だった。今ならまぁ見慣れてるが、当時はとても驚いた」

とっさに物陰に隠れてじっと見ていると、ほどなくして叔父が見送りに現れた。

「ふたりが親しいのはすぐにわかった。客は『おいしかったです。ありがとう』と言ってうれしそうに笑ってな……。叔父も『こちらこそ、よろこんでくれてありがとう』と頭を下げてた。どこにでもあるやり取りかもしれないが、俺にはとてもうれしかったんだ」

異形だろうとなんだろうと、心をこめて作られた料理に向き合う気持ちはみな同じだ。

そしてどんな客人であっても、できる限りの技と思いでもてなすのが料理人としての務め。心からの感謝を伝え合うふたりの姿に、自分もこんなふうになりたいと胸を熱くしたのだと大地は語った。

「叔父はいつも言っていた、ここで恩返しをしているんだと……。あの人にとってそれはあやかしたちに料理をふるまうことだったんだろう。客たちも叔父を慕って足繁《あししげ》く通ってくれた。この店は飯を食うだけじゃない、それ以上の意味を持つ場所だったんだ」

「とても素晴らしい方だったんですね」

周囲がそれだけ慕ったのも、きっと人柄ゆえのことだろう。

そう言うと大地はわずかに目を開き、それから噛み締めるように頷いた。

「俺も、かく在りたいものだ」

「大地さんならきっとできますよ」

「そう言ってもらえると励みになる」

大地は照れくさそうに眉を寄せる。いろいろと思うところもあるのだろう、大きく息を吸いこむと、意を決するように静かに吐いた。

「誰かにこんな話をしたのははじめてだ。聞いてもらえてよかった」

「大地さん……」

まっすぐな眼差し。濁りのない誠実な瞳。

こんな人の傍で働かせてもらえるなんて、なんてありがたいことだろう。大した役には立たないかもしれないかもしれないけれど、それでも、なにか少しでも力になれれば。

「ぼくも、大地さんたちを見習って一生懸命頑張りますね」

一心に見上げる。

そんな翠に、大地もまた鳶色の目を細めて頷いた。

＊

翌日から翠はホールに立つことになった。

スタッフとして働くにあたり大まかなことを教えてくれたのは大地だが、給仕のコツを伝授してくれたのはいちごとさんごだ。頼もしいふたりは客たちにとって孫や子供のようなものらしく、たまに店に顔を出してはかわいがってもらっているのだそうだ。常連客の膝の上でアイスクリームのご相伴に与《あずか》ることもあると聞いて、ついついほっこり和んでしまった。

そんなふたりだがこれがなかなかしっかりもので、客の特徴や好きなメニューはすべて把握済みだ。中には、店主である大地さえ知らなかったような情報もあった。

「あのおじいちゃん、ほんとはセロリが苦手なんだよ」

「となりのお兄ちゃんのピーマン食べてあげるかわりに、セロリ食べてもらってるの見たことある」

「ぼくもある。でも、きれいなお姉さんがいるときはやらないよね」

「おじいちゃんかっこつけてるー」

小さな手で口元を押さえ、ふふふと盛り上がるふたりに「子供はよく見てるよなぁ」と大地は苦笑いだ。子供たちは褒められたとばかり、えっへんと胸を張るのだった。

そんなこんなで午前中いっぱいを使って楽しいレクチャーを受け、夜にはもうフロアデビューだ。復習に余念のない翠に与えられたのは真新しい制服だった。

糊《のり》の利いた白いシャツにすらりとした黒いパンツ。黒い蝶《ちょう》ネクタイを締め、腰に黒い長エプロンを巻いた姿はどこから見てもホールスタッフだ。生まれてからずっと着物で過ごしていたこともあり、洋服を着るだけでも新鮮に感じる。姿見の前で腕を上げてみたり、くるっと回ってみたりしながら、翠はくすぐったい気持ちを噛み締めた。

「きついところはないか？」

その様子を眺めていた大地が後ろから話しかけてくる。

「はい。ありがとうございます」

「最初のうちは窮屈だろうが、じきに慣れる。それまでしばらく辛抱してくれ」

「辛抱だなんてとんでもない。うれしいです」

大地にとって大切な場所で、恩返しをさせてもらえるのだから。

そう言うと、彼は男らしく切れ上がった眉をわずかに上げ、ふっと笑った。

「うちはいいスタッフに来てもらえたもんだな」

「頑張ります」

胸をドキドキさせながら一礼する。

なんといってもはじめてのことだ。失敗したらどうしようという不安もあったけれど、仲間に会えるという期待の方が大きい。なにより、助けてもらった恩に少しでも報いたい気持ちで胸がいっぱいで、こうしている間にも鼓動が速くなるのが自分でもわかった。

――いよいよだ……。

大きく息を吸いこんだその時、ドアにつけられたベルが開閉に合わせてカランコロンと軽やかな音を立てる。

弾かれたように入口を見ると、扉を押してひとりの男性が入ってくるところだった。

「い……、いっ、いらっしゃいませ！」

教わったとおり、身体ごと向き直ってお辞儀《じぎ》をする。

ちょっと力んでしまったからか、七十代と思しき男性は目を丸くした後で、楽しそうに「ふはっ」と噴き出した。

「これはこれは、かわいらしい店員さんだ。あやかしを雇ったんですね、マスター」

「いらっしゃい、ドクター。今日から働いてもらうことになった翠といいます」

「翠くんか。どうぞよろしく」

白髪交じりの髪と口髭《くちひげ》を蓄えた紳士は、にこにこしながら被《かぶ》っていた山高帽を軽く持ち上げる。

「はじめまして、翠です。どうぞよろしくお願いします」

「こちらこそ。あやかしの店員さんに迎えてもらえるとはうれしいですねぇ」

ふっふっふっと笑うのに合わせて口髭がもふもふと揺れる。

さっそくテーブルに案内しようとすると、大地に「指定席があるんだ」と止められた。なんでも、常連たちはいつも座る場所が決まっているのだそうだ。

「なんででしょうねぇ。不思議とここが落ち着くんですよ」

そう言いながらドクターと呼ばれた男性は一番奥のテーブルに着く。よほどお気に入りの定位置なんだろう、帽子を取りながら彼は満足気に「ふう」と長い息を吐いた。

――ドクターさんの席は左奥、と……。

まっさらな心のメモ帳に書きこむと、続いてグラスに氷水を用意する。

けれど、再びドクターに向き直った翠は、驚きのあまりもう少しでグラスを落としてしまうところだった。ドクターの姿が変わっていたのだ。

「え？　え……!?」

ついさっきまで白髪交じりのおじいちゃんだったのに、今目の前にいるのはどう見ても三十代の男性だ。茶色い髪を後ろで結び、丸眼鏡《まるめがね》をかけている。おだやかな雰囲気はどちらも似てはいるけれど、そもそもなにが起きたのか。

目をぱちくりしていると、ドクターは悪戯《いたずら》っ子のように笑ってみせた。

「人間社会で生きるには擬態するのが一番なんですよ」

「擬態、ですか……？」

「僕の本来の姿はこちらです。でもねぇ、これで町医者をやっても流行《はや》らないでしょう。おじいちゃんに診察してもらう方が安心感があるというか」

「はぁ」

そういうものなんだろうか。

大地を見ると苦笑いしているから、あながち外れというわけでもなさそうだ。

「それに、擬態したままだと髭にケチャップがついてしまって……。マスターのナポリタンを気兼ねなく食べるためにも、ここへ来たらもとの姿に戻らないといけません」

お茶目なウインクまで飛んでくる。

「僕は三日に一度はナポリタンなんですよ。というわけで、本日もそれを」

はじめてのオーダーだ。

「かしこまりました。ナポリタンをおひとつ、ですね」

大地をふり返ると、すぐさま「了解」という心強い声が返ってきた。

さぁ仕事だ。カウンターの向こうへと踵《きびす》を返した大地を見送って、翠はあらためてドクターに向き直った。

「あの、少しお話ししてもいいですか」

「もちろん。大歓迎ですよ」

なんでもどうぞとばかりにドクターが両手を広げてくれる。

それに背中を押され、翠は思いきって口を開いた。

「変なことをお訊きするようですが……その、ドクターさんはほんとうにあやかしなんですね。ぼく、自分以外のあやかしにほとんど会ったことがなくて」

「おや、そうでしたか。てっきり人間界で暮らしている中でマスターとご縁があったのかと思いましたが」

「ご縁というか、その……行き倒れていたのを拾ってもらったというか……」

出会った時のことを話そうとすると必然的に己の情けないエピソードも説明しなくてはならなくなる。恥ずかしさにもごもごと口籠《くちご》もる翠に、要点を聞き取ったドクターは楽しそうに声を立てて笑った。

「失礼……。ですが、翠くんにとってはとてもラッキーでしたね。その時のオムライスはさぞやおいしかったことでしょう」

「はい、とっても！　今日もお願いして作ってもらいました」

「ふふふ。その気持ちわかります」

ついつい話に熱中してしまう。大地に「オーダー上がったぞ」と声をかけられなければずっとそうしていたかもしれない。

「すみません。どうぞ、お待たせいたしました」

「ありがとう」

湯気を立てているナポリタンを目の前に置くと、ドクターはぱっと顔を輝かせた。好きなんだなぁと一目でわかる顔だ。

皿を両手で掲げ持ち、そうっと顔を近づけて、トマトソースとケチャップの甘い香りを思う存分吸いこんでいる彼を見ているとこちらまでしあわせな気分になる。大地もカウンターの向こうで眉を下げて笑った。

「あぁ、今日もまたとびきりおいしそうだ。いただきます」

「どうぞ」

ドクターはいそいそと歯の長いフォークを取り、くるくるとパスタを巻きつけていく。

一口頰張るなり丸眼鏡の奥の目が糸のように細くなるのを見て、まるで我がことのようにうれしくなってしまった。

オムライスを食べている時の自分もきっとあんな感じだ。

――わかりますわかります。おいしいですよね。

心の中で話しかけつつ、食事の邪魔にならないようにそっとテーブルから離れた時だ。

カランコロンとドアベルが鳴った。

「こんばんはー。もーすっごいお腹空《す》いちゃって」

勢いよく入ってきた男性は二十代半ば頃だろうか。

同性の翠でも思わず視線を奪われるほどの美形だ。線の細さに似合わず声も大きければ歩幅も大股《おおまた》のようで、あっという間に店の真ん中まで来た男性は翠を見るなりピタリと動きを止めた。

「あやかしだ！」

「は、はい！」

条件反射で返事をしてから、慌てて「いらっしゃいませ」と続ける。

「え？　店員さんなの？　いつから？　前来た時はいなかったよね？」

「こらこら、狐《きつね》。翠さんがびっくりしているでしょう」

畳みかける男性をドクターが制してくれる。

「狐さん、彼は翠です。今日からうちで働いてもらうことになりました」

「はじめまして。よろしくお願いします」

大地の言葉に続けて頭を下げると、ようやく合点がいったように男性は「へぇ、そうなんだ」と何度か頷いた。

「こっちこそよろしく。あ、僕のことは狐でいいよ。ここではずっとそれで通ってるから。理由は簡単で、尻尾《しっぽ》が九本あるからなんだけど」

「え？」

「ほら」

ふわんと白い煙に包まれたかと思うと、すぐに目を瞠《みは》るほどの美女が現れる。これにはすっかり驚かされてしまった。

透き通るような白い肌に真っ赤なワンピースが生き生きと映える。瞳は吸いこまれるような黄金色《こがねいろ》で、腰まで伸びた銀髪の下で九本の尻尾がふわふわと揺れた。

「わあぁ……！」

すごい。話に聞いたことはあったけれど、この目で見るのははじめてだ。

「立派な尻尾ですねぇ」

思わず感嘆のため息を洩《も》らすと、狐はおかしそうに噴き出した。

「やーね。ありがと」

「わぁ」

姿だけでなく言葉遣いまでガラリと変わっている。びっくりして目を丸くすると、狐は赤い唇を引き上げて笑ってみせた。

「そりゃもともと女だもの、こっちの方が慣れてるわ。……昔ね、ちょっと面倒なことがあって――――まぁ殺されたんだけど、二度も三度もやられるなんてたまんないじゃない？だから普段は男性の姿になってるの」

「え？　こ…、……え!?」

天気の話でもするようにサラッととんでもないことを言われた気がする。言葉にならず狼狽えるばかりの翠に、大地が声をかけてくれた。

「大丈夫だ。狐さんは幽霊じゃないぞ」

「死んで生き返ってからが本番よ」

狐は指定席だというドクターの向かいに腰を下ろす。

妖艶《ようえん》な見た目に反し、ずいぶんと豪快な人のようで、ガッツポーズまで決められてついつい笑ってしまった。

「それに、死んだらマスターのご飯が食べられないじゃない。それこそ死んでも死にきれないってもんだわ」

「そんなに褒めてもらってもなにも出ませんよ」

「ここのカレーがあれば充分」

どうやら狐の『いつもの』はカレーのようだ。

琥珀亭のカレーは大地こだわりの一品で、丸三日をかけて作られる。濃厚なブイヨンで作ったベースをもとに野菜や果物、鶏のゼラチン質から溶け出た絶妙なとろみが特徴だ。煮こむ前にカレー粉に火入れをしているので豊かな香りも楽しめる。

「大地さんのカレー、おいしいですよね。ぼくも好きです」

お昼のオムライスにかけてもらったら格別だった。

そう言うと、狐はうんうんと頷きながら腕組みをした。

「あの味はどこ行ってもないのよねぇ。おかげで引っ越しもできやしないわ」

「ヘアサロンを経営しながらそう引っ越すこともないでしょうに」

すかさずドクターに突っこまれ、狐はひょいと肩を竦めて笑う。それぐらい、彼――いや、彼女を虜にしているということだろう。手放しで大地の料理を褒められて自分までうれしくなってしまった。

勇んで厨房にオーダーを通す。

狐が来店した時点ですでに準備をはじめていたのか、すぐさまほかほかのご飯を盛った皿と、グレイビーボートに入ったチキンカレーが差し出された。

けれど、どうも量が多い気がする。二人前はありそうだ。

首を傾げていると、大地が「これでいいんだ」と小声で教えてくれた。

「いつも大盛りなんだ。これでも足りないって言われるだろうが」

「そ、そうなんですね」

ならば思いきっていってみよう。

テーブルに料理を運ぶと、よほどの好物なのか、拍手とともに迎えられてしまった。

「これこれ。ありがと！」

狐は待ってましたとばかりにカレーを一気に半分ご飯にかけ、スプーンで勢いよく掬い上げる。その一口の大きさに翠はまたもや度肝を抜かれた。

絵から抜け出たような美人なのに、なんのためらいもなく大口を開けてわっしわっしとカレーをかきこんでいく。一口食べては「おいしい」と唸《うな》り、もう一口食べては「しあわせ……」と嚙み締めながら瞬く間にご飯がなくなっていくのを見て、大地の言った「いつも大盛り」の意味がわかった。

「なんでこんなにおいしいのかしら。もしかして油あげでも入ってる？」

「そんなわけないでしょう」

カウンターの向こうで大地が苦笑に眉を寄せる。

翠もつられて笑ったところで、また軽やかなドアベルが来客を告げた。

「いらっしゃいませ」

三度目ともなると少しだけ落ち着いて対処できる。

一礼して顔を上げると、入ってきたのは五十代の男性だった。とはいえ、彼もまた仮の姿だろう。スーツに眼鏡をかけた出で立ちで、表向きは会社勤めのサラリーマン風だ。

男性は翠を見るなり「おっ」と驚いたように足を止め、それからすぐ興味ありげに顔を覗きこんできた。

「きみ、あやかしだね。新しい店員さん？」

「はい。翠といいます。今日からこちらで働かせていただいています」

「そうか。なにか困ってることがあったらいつでも相談に乗るからね」

聞けば便利屋を営んでいるのだという。困っているあやかしを放っておけない性分だそうで、これまで何人ものあやかしたちに人間界で生きていくためのコツを伝授してきたのだそうだ。

「鵺《ぬえ》と呼んでくれ。裏稼業が由縁の名だが、気に入ってるんだ」

「承知しました」

鵺はドクターの隣に腰を下ろすなり、出された水をゴクゴクと飲み干す。お替わりをと持って行った分もおいしそうに飲んで、ようやくのことで「ふう」と息を吐いた。

「今日はあちこち駆け回って喉が渇いていたんだ。ありがとう」

ふっと微笑《ほほえ》んだのも束《つか》の間、鵺の姿が一瞬翳《かす》む。空気に溶けるように身体が薄くなったと思ったら、次の瞬間、そこには十歳ほど若返った男性が座っていた。

黒い髪は背中まで伸び、黒い目も涼やかに切れ上がっている。闇《やみ》に溶けこむような黒尽くめの格好は近寄りがたく、知らずにいたら声をかけるのさえためらってしまいそうだ。

「こちらの方が名前にも合っていて好きなんだが、便利屋をやるには目立ちすぎてね」

鵺がやれやれと肩を竦める。

「だってどう見ても怪しいもの。絶対カタギじゃない感じよね」

「きみが言うか!?」

狐と鵺のやり取りにドクターが噴き出し、見ていた翠も一緒になって笑ってしまった。

「あら、翠ちゃん。笑うとますますかわいいじゃない」

「ぼ…、ぼくですか？」

そんなことを言われたのははじめてだ。それに、そんなふうに艶っぽく微笑まれたら緊張してドギマギしてしまう。

挙動不審になった翠に、狐はおかしそうに声を立てて笑った。

「今時こんなあやかしもいるのねぇ。世間擦れしてないなんて珍しい」

「ずっと山にいたそうですよ」

大地が後ろから助け船を出してくれる。

また同時に、鵺に向かって「いつものビーフシチューでいいですか？」とオーダーまで取ってくれた。

「それとワインも頼むよ。この間のやつ」

「すっ、すみません、大地さん。ぼくがやらなくちゃいけなかったのに」

「承知しました」

「構わん。せっかくの機会だろう」

「そうそう。僕らはきみの話を聞きたいよ。山にいたんだって？　どうしてこっちに？」

鵺が興味津々に見上げてくる。ドクターや狐も食事の手を止めて翠が話し出すのを待っていてくれるのがわかり、ならばと翠は思いきって口を開いた。

「実は……」

気づいたらこの世に存在していたこと、山でひとりで暮らしていたこと。ある時ほんの偶然から〈サトリ〉だとわかり、それが原因で山を下りたこと――。

包み隠さず話すうちに客たちの顔が曇っていく。無理もない。せっかく食事を楽しみに来たのに篝との喧嘩《けんか》の話で気分を害してしまったかもしれない。

それでも、道で行き倒れていたところを子供たちに助けてもらい、大地の料理で九死に一生を得たと結ぶと、三人は「よかった」と口を揃えた。

「翠くんは頑張り屋さんなんですね。それに、とても気立てのやさしい子だ」

ドクターがしみじみと頷く。

「ぼくなんて……。皆さんのように、世間と折り合いをつけながら暮らしていらっしゃる方がすごいと思います」

人間界に身を置くからこそつきまとう困難もあるだろう。自分には想像もつかないような大変な思いをしているかもしれない。

そう言うと、ドクターは安心させるようににっこり笑った。

「それでもここにいたいんですよ。仲間がいますからね」

「そうそう。どんなに疲れてても、ここに来たらほっとするもの」

狐も頷く。仲間とわいわい食事をするうちにささくれた気持ちも癒やされるのだそうだ。

——そういうの、すごくいいな……。

今までの自分にはなかったものだ。いつもひとりで膝を抱え、篝は今日来るだろうか、明日だろうかと思いながら何日もぽつんとするばかりだった。山を出てからまだそんなに経っていないのに、もう遠い昔のことのように思える。

話しているうちに気持ちがほっと和んできて、いつしか翠もごく自然に笑っていた。

「こうしてみると、僕らはマスターの料理が縁でつながった仲間なんだな」

鵺の言葉にドクターも頷く。

「そうですね。翠くんの場合は事情が少々特殊ですが、マスターの絶品オムライスに魅せられたという意味で立派な我々の同志でしょう」

「同志……」

同じ志をもったもの。同じ気持ちを沿わせる同士。

――そんなふうに言ってもらえるなんて。

はじめて会ったばかりなのに、昔からの友人のように接してくれる。そんなやさしさに触れ、翠は心の中で何度も言葉を噛み締めた。

「翠ちゃんの好きなオムライスもいいわねぇ。次はカレーかけてもらおうかしら」

「ビーフシチューを合わせるのもありだな」

楽しそうに話す客たちに胸を熱くしながら、翠は大地をふり返る。

「大地さん。ぼく、これからも毎日お店に出ていいですか」

大切な仲間を迎えるために。

思いをこめて見上げる翠に、大地は微笑みながら「もちろんだ」と頷いてくれた。

それからカウンターの上に茶色の深皿を乗せる。鴇のオーダーができ上がったのだろう。

こっくりとした飴色のビーフシチューに点々と散る生クリーム、添えられた色とりどりの野菜たちが目にも鮮やかで食欲をそそる。

つけあわせのパンとともにテーブルに運ぶと、鴇は涼やかな目元を綻《ほころ》ばせた。

「やぁ、久しぶりのご馳走《ちそう》だ。仕事の疲れも吹き飛ぶよ」

「熱いので気をつけてくださいね」

「ありがとう」

鵺が牛肉にそっとナイフを差し入れる。

長時間じっくり煮込んだだけあって、肉は力を入れずともすうっと切れるやわらかさだ。口に入れた途端ほろりと解け、いつの間にか溶けてなくなる。あとに残るのはデミグラスソースの濃厚なうまみだけだ。

それを今存分に堪能《たんのう》しているんだろう。余韻を楽しむように目を閉じた鵺は、しばらくしてうれしそうにため息をついた。

「うーん。参った……。あいかわらず最高だね、マスター」

「ありがとうございます。鵺さんにそう言っていただけると作った甲斐《かい》がありました」

「手間暇かかるレシピだもんなぁ。大事に食べないと」

湯気の立つビーフシチューに夢中になっている鵺を見て、大地もとてもうれしそうだ。微笑ましい光景に見入っていると、食後のコーヒーを楽しみながらドクターが話しかけてきた。

「ところで翠くんは、これからは人間界で暮らすんですか？」

「え？」

「山を下りたと言っていたでしょう。せっかく働きはじめたところだし、僕らも知り合えてうれしいし、ここに長くいてくれたらなと思いまして……ねぇ、マスター」

大地は食器を洗う手を動かしたまま「そうですね」と答える。

「いつか山に戻るにしても、道中また行き倒れたら困りますからね。しっかり栄養をつけさせて、元気になるまでは引き留めようと思ってます」

「ぼく、そうそう倒れるわけじゃ……」

「ははは。きみが心配なんだよ」

鵺にも笑われる始末だ。

「それなら、しばらくはこっちにいるわけでしょう。知っておいた方がいいことがいくつかあるわ」

「それなら僕の出番かな」

ビーフシチューを食べ終え、ようやく人心地がついたのか、鵺があらたまった様子で咳《せき》払《ばら》いをする。

出番とはどういう意味だろうと思っていると、狐がそっと「その道のプロなのよ」と教えてくれた。それを聞いた鵺はなぜかやれやれと苦笑いだ。

「まったくきみは、こういう時だけゴマを擂《す》って……」

「うふふ。頼りにしてるわ、センセイ」

なんでも鵺は客の中でも古株で、大地の叔父が店を切り盛りしていた頃から通っていた常連なのだそうだ。

その頃は別の仕事をしていた彼も、ここで出会ったあやかしたちが人間社会に溶けこむために四苦八苦しているのを見て放っておけず、仕事を斡旋《あっせん》したり、住むところを用意してやったりしているうちに、気づけば便利屋稼業を生業《なりわい》とするようになったのだという。

「便利屋って、表のお仕事だったんじゃ……？」

「僕の場合は両方だな。人のふりをしてる時は粗大ゴミを捨てたり、部屋を掃除したり、ペットの世話から病院の付き添いまでなんでもする。こっちの姿でやるのは大きな声じゃ言えない案件でね……人間社会だと、ちょいと法律ってやつに引っかかる」

あやかしたちが現代社会で困らないよう戸籍を作ったり、パスポートを用意したりと、得意の幻術で諸々《もろもろ》を請け負っているのだそうだ。

詳しいことはわからないけど、大地が聞こえないふりをしているからあまり大っぴらにしてはいけないんだろう。それでもあやかしたちにとっては当たり前のことなのか、ドクターも狐も特に気にした様子はなかった。

「人間界にいるあやかしの中には、どうやって働いたらいいかわからなくて二の足を踏んでいるうちに妖力を落とすケースが多いからね。便利屋にはそんな彼らの背中を押す役目もあるんだ。……といっても、翠くんの場合は特に必要はなさそうだ。住む場所もあれば仕事もしてる。おまけに雇い主はあやかしに理解のあるマスターだ。こんな恵まれた環境はないよ。他のあやかしたちからもうらやましがられるだろうな」

「えぇ。ぼくもそう思います」

大地には感謝してもし足りないくらいだ。手元に目を落としたままの横顔をチラと見、それから翠は一同の顔を眺め回した。

「皆さんもそれぞれのお仕事をなさっているんですよね」

「僕の場合は職場で会うこともあるかもしれない。具合が悪くなったらいつでもおいでなさい。早めの養生が肝心ですよ」

「ありがとうございます、ドクター。そう言ってもらえると心強いです」

「うちのサロンにも来てちょうだいね。うんとおめかししてあげる」

「あ、えっと……はい。ありがとうございます」

今のところ、着飾る機会は特に思いつかないけれど。

戸惑いながらもお礼を言うと、狐は意味ありげな笑みで厨房に向かって手招きをした。

「大丈夫よ、チビちゃんたち。あんたたちのことも忘れてないわ」

見れば、なんと子供たちだ。柱の陰からそっとこちらを覗いている。

「いちごさん。さんごさんも。どうしたんですか」

「翠、きんちょうしてるって言ってたから……」

「翠、だいじょうぶかなって思って……」

「心配してくれたんですね。ありがとうございます」

駆け寄っていって目の前にしゃがみこみ、ふたりをぎゅっと抱き締める。

「皆さんと楽しくお話ししてたんですよ。だから大丈夫です」

「あ、おじいちゃんだ。お兄ちゃんとお姉ちゃんもいる」

「おじいちゃん、セロリ食べれるようになった？」

「こら。いちご」

大地にがしがしと髪をかき混ぜられ、いちごはぷうっと頬を膨らませる。

その隣で、さんごが客たちに向かって「こんばんは」と頭を下げた。

「やぁやぁ、お利口さんだ。こんばんは。夏風邪《なつかぜ》はすっかりよくなったようですね」

「おかげさまで。いただいた薬を飲ませたらすぐに」

ドクターは大地と顔を見合わせ、「それはよかった」と微笑み合う。

一方、乱れた髪を一生懸命手で整えようとするいちごを見て、狐がくすくす笑いながら尻尾を揺らした。

「せっかく格好よくしてたのにねぇ？」

「おっ、おれ、べつに……」

狐に微笑まれた途端、いちごが顔を赤らめる。

「あら、いっちゃん。よく見たら髪がずいぶん伸びたじゃない。さんごちゃんも毛先が肩につきそうだわ。ふたりともまとめていらっしゃいな。かわいくしてあげるから」

すぐに「はい」と答えるさんごとは対照的に、いちごは眉間《みけん》にぎゅっと皺《しわ》を寄せながらドギマギしている。もしかしたら照れているのかもしれない。正反対ながらかわいらしいふたりについつい頬がゆるんでしまった。

それにしても、こうして話を聞いていると、なるほど皆それぞれの役割があるんだなと考えさせられる。それが仕事というものなんだろう。

大地もレストランのオーナーシェフとして料理を作っているし、自分はそんな彼の料理を客たちに届ける役目を担っている。はじめこそ緊張もしたけれど、あたたかい雰囲気にすぐに場に馴染んでしまった。

――素敵な場所だな……。

ここにはおいしい料理を作る大地がいて、それを楽しみにやって来る客がいて、皆が心から琥珀亭を大切に思っているのがわかる。人間界で擬態しながら暮らしているあやかしたちにとって、この店にいる時だけは素の自分をさらけ出し、ほっと一息つけるんだろう。

大地も、足繁く来てくれる客を大切にしているのがよくわかる。決して口数の多い人ではないけれど、その分彼は腕で語るのだ。そんな輪の中に、自分も入れてもらえることがうれしかった。

胸があたたかくなるのを感じながら、ドクターたちと話す大地の横顔を見つめる。

家にいる時とは少し雰囲気が違う。子供たちと翠との四人でいる時は父のようであり、兄のようでもある彼が、客から「マスター」と別の呼び名で呼ばれ、慕われているのを見るのはとても新鮮だった。

いつもの大地も、マスターとしての彼も、もっともっと見てみたい。彼のことをもっと知りたい。

ふわっとした気持ちをくすぐるように、またカランコロンとベルが鳴る。

「いらっしゃいませ」

新しい客を笑顔で出迎えながら、翠は初仕事を思う存分楽しむのだった。


翠が琥珀亭のホールに立つようになって一週間が過ぎた。

はじめは「いらっしゃいませ」を言うだけで緊張していたのが嘘のように今やスタッフとしての動作も板につき、落ち着いてあやかしたちを迎えている。それでも、客たちの擬態と本来の姿のギャップにはいまだ驚かされてばかりだ。毎度新鮮に驚く翠に、客たちは笑いをこらえながらメニューを開くのだった。

そんなあやかしたちの中でも、とりわけギャップの大きい常連メンバーは今日も指定席のテーブルを囲んでいる。まさに至福という顔でふたり分のオムカレーを完食し、豪快に水を飲み干した狐がふと思い出したように「そういえば」と口を開いた。

「最近、お客さんの相談事が多いのよね。接客業だからしょうがないんだけど」

「相談事、ですか？」

向かい側でフォークにパスタを巻きつけていたドクターが小首を傾げる。

「サロンだし、よく恋愛相談されるのよね」

「あぁ、そういうことですか。狐さんが相手だと話しやすいんだと思いますよ」

「でもねぇ、あなたの経験からアドバイスくださいって言われても、あたしあやかしだし。その上痴情の縺《もつ》れで一回殺されちゃってるもの。言えないわぁ」

しぶとく生き返ったおかげで尻尾は九本になったけど、と笑う狐にドクターが噴き出し、やり取りを聞いていた周りの客たちもつられて笑った。

「僕は普段が老人なので恋愛相談は受けたことがありませんねぇ。悩みがあったとしても、診察中にそういったカウンセリングをするわけにもいきませんし」

「僕はたまに聞かされるよ。浮気相手とのあれこれとか、サクラを雇った裏事情とか」

「サクラってなにー？」

突然いちごが無邪気に割りこんでくる。

「マ、マスターはどう？」

「俺ですか？」

鵺から慌ててバトンを投げられた大地は苦笑しつつ、食器を拭《ふ》いていた手を止めた。

「俺も恋愛関係の相談はないですね。それ以外の話なら時々は」

「そうなんだ」

何度か店に通ってくるうちにある日ポロッと打ちあけられたり、思い詰めた顔をしている客には逆にこちらから訊ねることもあるという。店をひとりで切り盛りするだけでも大変なのに、その上さらにそんなこともしているなんて知らなかった。

「大地さんはほんとうにお客さん思いなんですね」

翠の一言に大地は複雑そうな顔になる。

「俺なんてまだまだだ。相談といっても時々だしな。……それに、俺に答えられるうちはいいんだが、悩みの本質をなかなか理解できないこともある。そんな時は悩ましい」

「ただ背中を押してほしいだけの時もあるでしょうしね」

狐の言葉になにか思うところがあるのか、大地は小さく肩を竦めた。

「それを見極められたらいいんですが、俺にはどうも不得手で」

「相手の心を覗けたらすぐわかるのにねぇ」

なにげなくそう言った後で、狐はハタと動きを止める。どうしたのだろうと見ていると、こちらを向いた彼女はうれしそうににっこり笑った。

「翠ちゃんの得意分野ね」

「え？」

「〈サトリ〉の力があれば、相手の『悩みのもと』にまっすぐに辿り着けるのにと思って。もちろん誰彼構わず覗くわけにはいかないから、たとえば占いってことにするとかね」

それなら希望者だけを対象にできるし、考えていることがわかればあとはアドバイスをするもよし、思考を整理する手伝いをするもよし、もしくはたった一言の励ましで元気になってもらえるかもしれない。それはすごいことだ。

「でも、占いって……？」

そういう言葉があることは知っているものの、具体的なことはよくわからない。

きょとんとしていると、狐はサロンに置くつもりで買ってきたのだという女性誌をいくつか見せてくれた。

「たとえばこれは星座占いね」

誌面には『今月の星座ランキング』や『気になる人との相性』、『ラッキーカラー』などという言葉が躍っている。人間には生まれた月日によって星座というものが定められているらしく、それぞれの運勢が掲載されているのだという。

「人って、自分がいつ生まれたか知っているものなんですね！」

とっさに大地をふり返ると、ちょうど手が空いたのかカウンターの向こうから出てきた彼に「そこからか」と笑われてしまった。

「誕生日があるからな」

「大地さんにも？」

「あぁ。俺は七月五日だ」

「あたしは自分で決めてるわよ。接客中に訊かれることもあるし。……まぁ、年は取らないシステムなんだけど」

ふふふと艶《あで》やかに笑いながら狐はいくつか雑誌を捲《めく》る。

「占いって一口に言ってもいろいろあるのよ。星座だったり、タロットカードだったり。これは手相占いね」

「手の皺で全部わかるなんてすごいですね」

びっくりして目を丸くすると、狐は声を立てて笑った。

「やーね。当たることもあれば当たらないこともあるのよ。はっきり書いてあるわけじゃないんだもの。でも、思い当たることを言い当てられたり、道を示してもらうとやっぱり安心するものじゃないかしら。自分の中で燻《くすぶ》らせてたことならなおさら」

「そういうものなんですか」

狐の言葉に、ドクターや鵺だけでなく他の客もうんうんと頷いている。経験がないからあまりピンと来ないけれど、これだけのあやかしが同意しているなら一理あるのかもしれない。そしてそれは人間である大地も同じだったようだ。

「『当たるも八卦《はっけ》、当たらぬも八卦』と言うが、おまえの場合は百発百中だな」

「それはそうですが……でも、ぼくはただ覗いているだけですし……」

それどころか、それが原因で仲間に不快な思いをさせてしまったことさえある。

――気持ち悪くて傍にいられるかよ。

篝から投げつけられた言葉がいまだ胸の奥に刺さったままだ。それは抜けない棘《とげ》のように、時折脳裏を掠《かす》めてはくり返し翠を苛《さいな》んだ。

知らぬ間に不安そうな顔になっていただろうか、やさしい声で「翠」と呼ばれる。

おそるおそる顔を上げると、大地がまっすぐにこちらを見ていた。

「俺たちは、不愉快だなんて思わないぞ」

「大地さん……」

力強く言いきられ、思わず息を呑む。

――どうしてわかったんだろう……。

翠は微動だにしないまま、ただただ一心に大地を見上げた。

まるで彼の方が〈サトリ〉みたいだ。なぜ自分の考えていることがわかったんだろう。

そしてどうして、ほしい言葉まで……。

噛み締めているだけでじわじわと胸の奥が熱くなる。言葉ひとつで前に向かう気持ちが湧いてくるのが不思議で、これが背中を押すということなのかもしれないと気がついた。

こんなにも心強いものだったなんて。

「ありがとうございます。大地さん」

頭を下げると、大地は「大袈裟《おおげさ》だな」と眉を寄せる。そんなことさえうれしくて、ドキドキと胸を高鳴らせながら黒いコックコートの彼を見上げた。

「話がまとまったと思っていいのかしら。試しにやってみる？」

「はい。……あ、でもどうしよう……」

〈サトリ〉の力を使うには、相手の身体に触れる必要がある。

けれど篝のことがあってからというもの、他人に触れることを怖いと思うようになってしまった。いちごをぎゅっと抱き締めたり、さんごの頭を撫でるのはまったく抵抗がないものの、それ以外はどうだろう。試したことはないが正直不安だ。

思いきって打ちあけると狐は片手を顎《あご》に当て、考えを整理するようにゆっくりと言葉を紡いだ。

「直接はNGなのね。ふむ……。じゃあ、間接的にっていうのはどう？　たとえばだけど、お互いテーブルに手を載せておくとか」

「手を？」

「テーブル越しだからはっきり見えないかもしれないし、もしかしたら時間もかかるかもしれないけど、それなら翠ちゃんも安心でしょ？」

「確かに、そうかもしれません」

「よし。決まり」

そこから先はトントン拍子だ。

相談者役の立候補を募ったところ、驚いたことにその場の全員が手を挙げた。狐も鵺もドクターも、いちごにさんごに、大地までもだ。食事中の他の客も興味津々といった顔でこちらを見ている。

しかたがないのでじゃんけんをして、勝った鵺には別のテーブルに移ってもらった。

「いつもの席じゃないとなんだか変な感じだな」

「ぼくも、スタッフの格好でここに座るのは落ち着かないです」

「ははは。確かに」

正面に座った鵺にはテーブルの上に両手を置いてもらい、翠も少し離れたところに手をついた。

——うまくいくかな……？

半信半疑だ。篝の考えを読んだのもあれ一回きりで、その後は一度も力を使ったことがなかったため、翠自身どうすればうまくやれるのかわからなかった。

それでも、手のひらに意識を集中しているうちに少しずつだけれど鵺の意識とつながりはじめる。

ゆっくり、ゆっくり。

山の峰を雪解け水が伝うように少しずつ、けれど確実に、鵺の思考が流れこんでくる。間接的な方法なので心の声そのものは聞こえなかったものの、思考の輪郭のようなものはぼんやりと読み取れるまでになった。

それによると、今夜はいつもと違うメニューを食べてみようと考えているらしい。

――へぇ。鵺さん、珍しい。

そういう気分なんだろうか。あるいは、いつもと違う席に座ったことで気が変わったのかもしれない。

なにがいいかと思い巡らせているところなのだろう。鵺の頭の中にはいくつもの洋食が現れては消え、現れては消えしている。黒板に書き出した限定メニューを思い出した翠は、それならばと口を開いた。

「今夜はトマトソースのロールキャベツがおすすめですよ。鵺さんのお好きなワインにも合うと思います」

「へっ？」

鵺が意表を突かれたような声を上げる。じっと集中していた自分が開口一番にそんなことを言ったものだから、驚かせてしまったかもしれない。

「あ、あの、突然すみません。なにを食べようか迷っていらっしゃったようなので」

「……すごい、当たってる……。確かに僕、メニューのことを考えてた」

茫然とする鵺の言葉に、テーブルを取り囲んでいた一同がわっと歓声を上げる。

「翠ちゃん、やるじゃない！」

「これはこれは、見事ですね」

「しかも黒板のメニューを勧めてくれたんだな」

狐やドクター、それに大地からも手放しに褒められ、今度は翠がびっくりする番だった。

ぽかんとしたまま皆の顔を順番に見やる。誰もが心からの賞賛を送ってくれているようで、それが嘘や冗談だなんて思えなかった。

——ほんとうに……？

こんなことがあるなんて。

嫌われてもしかたないと思っていた力を、逆によろこんでもらえるなんて。

「もうひとり試してみましょうよ」

狐の声におもむろに大地が立ち上がる。さっきのじゃんけんで鵺に勝ちを譲ったのだ。

その鵺と入れ替わりで目の前に座った大地は、気遣わしげに顔を覗きこんできた。

「いきなり力を使って疲れてないか」

「はい。大丈夫です」

「無理はするなよ」

「わかりました」

約束にこくんと頷いてからテーブルの上に手のひらを載せる。

それを見た大地は小さく嘆息し、彼もまた同じように両手を置いた。

二度目でやり方に慣れたからだろうか、それとも毎日一緒にいる相手だからだろうか。

感触をじわじわたぐり寄せるようにした先ほどとは違い、まるで息をするようにするりと意識がつながる。

——わ、ぁ……。

はじめて触れる大地の心はとてもあたたかかった。

おだやかで、やさしくて、つながっているだけで心地いい。木のテーブルに触れているにも拘わらず指先がじんわりあたたかくなるのがわかった。

彼の心を占めているのはやはり子供たちのことのようだ。

いちごが転んでわんわん泣いたり、さんごがお気に入りの食器を割って半べそをかいているイメージが見える。かと思えば、しあわせそうに大好きなプリンを頬張ったり、涎《よだれ》を垂らしながら寝ているふたりのかわいらしい映像まで見え、彼が普段どれだけ注意深く、そして愛情をかけて子供たちを育てているかが窺い知れた。

それからもうひとつ。

驚いたことに、自分が見えた。

——あれ……？

見間違いだろうかと何度か意識を集中し直してみたものの、像が変わることはなかった。どうやら間違いないようだ。

他人の中にある自分のイメージを直接覗くのははじめてのことで、なんだか照れくさい。この家に来てはじめて知った『鏡』ともまた違う。じっと観察しているうちに、彼が思う自分は、自分で思う自分とも微妙に違っていることに気がついた。

大地の言葉を聞き洩らすまいとじっと見上げている顔、きょとんとした顔、驚いた顔。ぱっと笑ったり、うっと困ったり、熱いスープを飲んで涙目になったり。

けれどその反面、どこか遠くを見るような目をしている自分もいた。山の話をした時かもしれない。それが大地には気にかかっているようで、何度も何度も同じ映像が流れては消えていった。

普段は決して口数の多い人ではない。

それなのに、心の中は驚くほどに饒舌《じょうぜつ》だった。

――大地さん……。

なんてやさしい人だろう。自分のことなんてまるで後回しで子供たちと翠のことばかり。店の儲《もう》けもそこそこ、規模も追わず、細く長くやっていけたらそれでいいと思っている。そんな大地の意識に触れるうち、いつしか指先だけでなく、心までほっこりとあたたかくなっていることに気がついた。

「大地さんは、とてもやさしい方だってよくわかりました」

「翠？」

「いちごさんのこと、さんごさんのこと。それから、その、ぼくのことも……。いっぱい気にかけてくださって、心配してくださっていたんですね」

今見たことをなぞるようにゆっくりと言葉にする。

大地は驚きに目を瞠った後で、やがてそっとはにかみ笑った。

「……照れくさいもんだな」

「そういうところも大地くんらしいですね」

ドクターが微笑ましそうに目を細めれば、傍で見ていた子供たちもうれしそうにぴょんぴょん飛び跳ねる。

「おれも！　おれも大地すき！」

「ぼくも！」

「んまー、ふたりともかわいいんだから！」

狐にぎゅむっと抱き締められ、ジタバタする子供たちを見て皆一斉に笑った。

そんな中、あらためて大地と目が合う。

『翠はすごいな。こんなことができるのか』

今度ははっきりと、大地の心の声が聞こえた。

――え……？

テーブル越しなのは変わらないのに、まるで直接彼に触れているみたいだ。ドキドキとわくわくに心臓が早鐘を打ちはじめる。

『行き倒れていたのをいちごたちが連れてきた時はどうなることかと思ったが、こうして元気になってよかった。おまえといると楽しい。偶然の出会いに感謝しないとな』

飾らない大地の心の声に、胸がじわじわと熱くなった。

――大地さん。

自分が元気になれたのは大地のおかげだ。おいしいご飯を作ってくれ、この家に住まわせてくれ、こうして仲間にも引き合わせてくれたのは全部彼の方なのに。自分といて楽しいと思ってくれていたんだ。出会えてよかったって思ってくれてるんだ。

――どうしよう。うれしい…………。

自分が彼に対して思っているのと同じことを、彼もまた思ってくれたことがうれしい。こんな自分でも必要とされているのだとわかってうれしい。

「翠、だいじょうぶ？」

心の中で嚙み締めているうちに顔が赤くなっていたようで、子供たちがきょとんとした顔でこちらを見ていた。

「あ……、うん。大丈夫」

「ほんとうだな。どうした、熱でもあるんじゃないか？」

て覗きこむようにして大地に顔を近づけられた瞬間、心臓がドキッと高鳴る。翠は慌ててテーブルから両手を離して「なんでもないんです」と胸の前でふってみせた。

「だ、大地さんもぼくと同じ気持ちなんだってわかって……それで、うれしくて……」

「同じ？　どういうことだ？」

「大地さんの時は、心の声がはっきり言葉になって聞こえたんです」

そう言うと、大地はわずかに眉を寄せた。怒っているようには見えないから、思い当たる節に照れているのかもしれない。

「ぼくも、大地さんと一緒にいられて楽しいです。いちごさんにもさんごさんにも、そして皆さんにも……出会えてほんとうによかったと思っています。だから、大地さんが同じように思っていてくれたことがうれしいんです」

「翠……」

思いきって言葉にすると、大地はうれしそうにふっと目元をゆるめた。

「おまえもそう思っててくれたんだな」

「はい」

狐の腕から抜け出した子供たちも次々と翠に抱きついてくる。

「ぼくも！」

「おれも！」

「あぁ、おまえたちもな」

大地は手を伸ばして三人の頭を順番に撫でてくれる。節くれ立った大きな手で髪を梳《す》かれるととても気持ちがよくて、子供たちと顔を見合わせながらくすくすと笑い合った。

「もう。仲良しさんねぇ」

「見てるこっちまでうれしくなるな」

「先代オーナーと十護《とうご》さんのようですね」

「あぁ、それだ。オーナーと翠くんの関係って、先代と十護さんにちょっと似てる」

客たちはどちらも知り合いなのか、うんうんと頷いている。

先代のオーナーというのは大地さんの叔父さんのことだと思うけれど、十護さんというのは誰だろう。首を傾げていると、大地が「常連だったんだ」と教えてくれた。

「叔父の代からうちに通い続けてくれたあやかしだ。叔父が亡くなって、俺が店を継いだ際には親身にアドバイスをしてくれたり、馴染み客らに声をかけて店に呼び戻してくれたりな……。店をもう一度軌道に乗せるまでほんとうに世話になった」

「いいあやかしだったわよねぇ。もの静かで、いつもちょっと離れたところから見守ってくれてたっけ」

狐がしみじみと呟《つぶや》けば、ドクターもそれを引き継いで頷く。

「先代同様、気遣いに長《た》けた方でした。先代ともずいぶん親しくしていらっしゃいましたしね」

「店員とお客さんって言葉だけじゃ言い表せないふたりだったと思うわ。だってうらやましかったもの。人間とあやかしなのに、あんなに信頼し合えるなんて」

「私も、あのおふたりには強い絆《きずな》を感じたものです」

よほど思い入れのある人物なんだろう、客たちは口々に思い出を語った。

大地はどこか遠くを見るような目をしている。今は亡き彼の叔父を思っているのかもしれない。それでもその横顔が寂しそうに見えないのは、客たちの話がどれも愛情にあふれているからだ。誰もがふたりを慕っていることが言葉の端々から窺い知れた。

こうしていると、あやかしと人間が本来相容《あいい》れない存在だということを忘れそうになる。山にいた頃は誰にも気づいてもらえず、友達になりたくても諦《あきら》めるしかなかった。

それなのに。

あやかしのために料理を作り、あたたかく迎えてくれた人間がいたなんて。足繁く店に通い、心を通わせるまでになったあやかしがいたなんて。種族の壁を越え、強い絆で結ばれたふたりを思うと胸が熱くなる。そんなふたりを見ていたからこそ大地は店を継ごうと決めたのだろうし、十護というそのあやかしもまた大地を助けてくれたんだろう。

「素敵ですね、そういうの」

ほうっとため息をつく翠に、狐がおかしそうにくすくす笑った。

「翠ちゃんとマスターだって、あたしたちから見たら充分うらやましいわよ?」

「そ、そうなんですか。でもぼく、十護さんのようにはとても……」

おっちょこちょいの自分なんかとは雲泥の差だ。

そう言うと、大地は苦笑しながらぽんぽんと頭を撫でてくれた。

「おまえはおまえのままでいいんだ。充分助けてもらっている」

「大地さん」

――そんなふうに、言ってくれるんだ……。

じわじわとくすぐったさがこみ上げてくる。それと同時に、うれしくてたまらない気持ちも。顔を見合わせて「えへへ」と笑っていると、なぜか狐に盛大なため息をつかれてしまった。

「まったくもう。見せつけられちゃったわ」

「えっ」

動揺する翠を見て鵺が声を立てて笑う。ドクターがつられ、狐や他の客たちもつられて、最後には大地や翠まで笑ってしまった。

相好を崩す大地の横顔を見上げながら、こうして一緒にいられることをしあわせだなとしみじみ思う。

お腹を空かせて行き倒れたところを助けてもらうという、何度思い返しても恥ずかしい出会い方をしてしまったけれど、そのおかげで今があるのだ。あの時大地がオムライスを作ってくれなかったら自分はどうなっていたかわからない。

だからこそ、命の恩人である彼の役に立つことをして、受けた恩を返したい。出会えてよかったと思ってもらえた気持ちに少しでも応えたい。大地さんにふさわしいあやかしになりたい。

十護さんのようにはいかなくても、いつか、いつか。

憧れに胸を焦がしながら、翠は心に誓うのだった。


その日は先代の思い出話に花が咲き、また占いに希望者が殺到したこともあって、店はいつにも増してにぎやかだったように思う。

後片づけをしていた翠は手を止め、ぐるりとフロアを見渡した。

客たちが帰った後のホールはシンと静かだ。それなのに、今夜はまだそこここに余韻が残っているような気がする。特に占いに使ったテーブルにはまだ熱が籠もっていて、指で触れただけで思いの残余が甦《よみがえ》ってきそうに思えた。

「楽しかったなぁ……」

目を閉じ、ゆっくりと深呼吸をする。

さっきはただ夢中でテーブル越しに伝わってくる思考を追いかけたけれど、あらためて考えてもすごいことだ。疎まれるばかりの力をあんなによろこんでもらえたなんて。

――よかった……。

確かめるようにそっと胸に手を当てる。

その時、奥の方から足音が近づいてくるのが聞こえてきた。大地だ。

店のマスコットとして活躍している子供たちはいつも八時には寝かせているから、閉店作業はいつも彼と自分のふたりだけになる。大地が厨房を片づける間、翠がフロアの掃除をするのだ。

ちょうど作業が一段落したのか、大地がホールに顔を覗かせた。

「お疲れさん。そっちはどうだ」

「はい。こちらもだいたい終わりました」

あとは黒板を消せばそれで終わりだ。

そう言うと、大地は驚いたように眉を上げた。

「だいぶ手際がよくなったな」

「ありがとうございます。もっといろいろお手伝いできればいいんですが……」

「充分やってもらってる。これまでは俺ひとりだったんだからな」

そう言ってもらえるのはうれしいのだけれど、でも、もっともっと役に立ちたいのだ。

思いをこめて見上げていると、大地はなぜかふっと鳶色の目を細めた。

「十護さんの話を聞いたせいか？」

言い当てられて、思わず目が丸くなる。

「ど、どうしてわかるんですか。大地さんは時々〈サトリ〉みたいです」

「ははは。おまえ相手ならよくわかるぞ。思ったことが顔に出てる」

「えっ」

それではあまりに恥ずかしいのではないだろうか。

じわじわと熱くなる頬を持て余していると、大地は苦笑しながら頭を撫でてくれた。

「あまり気を張りすぎるな。向き不向きもある」

「おっしゃるとおり、十護さんそっくりにはできないかもしれませんが……」

それでも少しでも見習いたいのだ。大地さんにふさわしいあやかしになりたいから。

「それなら、店の端で占い屋でもやってみるか？」

「え？」

どういうことだろう。

首を傾げる翠に、大地は「単なる思いつきだが……」と前置きしながら構想を語った。

「今夜やってみて思ったんだが、おまえの力は大したものだ。それを活かせば占いとして成立するものだと俺は思う。無論、おまえが嫌でなければの話だが」

翠はふるふると首をふる。相手にもよるのかもしれないけれど、少なくとも試してみた限りでは特に抵抗のようなものは感じなかった。

「この店に来るのはあやかしだけだ。〈サトリ〉の力には理解がある。今夜のように直接相手に触れないようにすれば、おまえもやりやすいだろうと思う」

それにと一度言葉を切り、大地がまっすぐにこちらを見る。

「これは、翠にしかできないことだ」

「ぼくにしか……？」

「〈サトリ〉のおまえだからできることだ。言ったろう、占いは本来『当たるも八卦、当たらぬも八卦』だって」

「そっか……」

――翠にしかできないことだ。

心の中で大地の言葉をくり返す。そんなふうに言われたら、この力がますますいいもののように思えてくるから不思議だった。

「占いが評判になれば、それを目当てに新しい客も来るだろう。おまえにとっては仲間との出会いを増やすきっかけにもなる。もちろん、その分の給料は別途払う」

「あの、お金なんていいです。いただけません」

「あって困るものじゃない。それに、おまえの力に対する正当な対価だ。得意満面で受け取っておけ」

雇い主に対してふんぞり返る自分を想像し、そんなことはできないと半泣きになる翠に大地は声を立てて笑った。

「おまえはほんとうにかわいいやつだな……。この件だが、もし実現したら俺にとってもうれしい話なんだ。新しい客が増えればそれだけ経営的にはありがたいからな」

「あ、そうなんですね」

それを早く言ってくれないと。

勇んで話を受けようとした翠は、なぜか大地にストップをかけられた。

「待て待て。今すぐ答えを出さなくていいんだ。俺が提案したからといって無理してやる必要はない」

「無理なんてしていません。大地さんのお役に立てるなら、ぜひ」

「いいのか」

「はい。むしろ役割ができてよかったです。こんなおっちょこちょいのぼくでも、できることがあるってわかってうれしいです」

こんなに誇らしい気持ちになったのははじめてだ。

思いをこめて見上げると、大地はややあってから「そうか」と頷いてくれた。

「おまえのその前向きさは見習うべきだな」

「え？」

「まずはゆっくりやっていこう。俺もできる限りサポートする」

「ありがとうございます。よろしくお願いします」

また、新しいことがはじまる。

わくわくと胸を高鳴らせながら、翠は給仕の傍ら、占い屋をはじめることになった。

＊

「――夢が、あるんですね」

その言葉に、二十代後半と思しき女性客がはっとした顔をする。

伝わってくる思いを慎重に追いかけながら翠は静かに言葉を紡いだ。

「雑貨屋さんをやりたいと思っていたんでしょう？　ずっと迷っていたんですよね。でも、どうしても諦められずにいた」

「どうして、それ……」

女性は、翠が〈サトリ〉であることも忘れたように茫然と目を見開く。テーブルに置かれた華奢《きゃしゃ》な手が動揺のせいかかすかにふるえた。

女性は長い睫《まつげ》を伏せる。なにか迷っているのだろうか、視線はひっきりなしに右へ左へと揺れ続けた。

そうやってどれくらい沈黙が続いただろう。一分にも、二分にも思えた長い時間の末、女性が「実は……」と口を開いた。

「私、かわいい小物が大好きなんです。会社では事務の仕事をしてるんですけど、残業で疲れて帰ってきた時でもぬいぐるみやキャンドルを眺めてると不思議と気持ちが落ち着くんですよね。そういうのを集めるのも好きだし、誰かにプレゼントするのも好きで……。ふふ。クリスマスになると上司や同僚からアドバイスを求められることもあるんですよ。そういう相談に乗ってあげるのも好き」

さっきまで息を呑んでいたのが嘘のように彼女の中から次々に言葉があふれ出す。好きというまっすぐな気持ちが伝わってくる、とてもしあわせそうな表情だ。

「だから、いつか自分の小さなお店が持てたらいいなぁって思っていた頃もありました。……子供みたいですよね、好きなものに囲まれていたいって。それだけじゃ仕事にはならないのに」

「どうして、そう思うんですか？」

「だって、お店の経営なんて私にはとても……」

女性の顔が曇る。

けれど外見とは裏腹に、彼女から伝わってくる気持ちはシンプルだ。やりたい、やってみたいと叫んでいる。〈サトリ〉の力に狂いがないなら彼女は自分自身に嘘をついているということになる。

――話してみませんか。

だから翠は心の中で女性に向かって話しかける。

もちろん、こちらの声が向こうに届くわけではない。それでもなにか伝わればいいなと思いながら、翠は女性にやさしく微笑みかけた。

「憧れの気持ちをずっと大切に持ち続けていたんですよね。それは、あなたにとって大事なものだったからじゃないですか」

「そ、そんなことっ……」

女性はとっさに首をふる。

けれど、自分で否定しておきながらどうしてもそれを受け止めきれなかったのか、やがて静かに項垂《うなだ》れた。

「…………そう、ですね。私…、捨てきれなかった」

「それはどうして？」

「どうして……どうしてかなぁ。やっぱり好きだから。自分から切り離すことはできないのかもしれません。私にとっては原動力だし、すごく大切なものだから。……困ったなぁ。喋《しゃべ》ってるうちにほんとに大事なものだって気づいちゃったじゃないですか」

「え？」

「人間社会で隠れて生きてるあやかしに、お店なんてできるわけないのに」

泣き笑いのような表情にはっとなる。流れこんでくる感情とも一致した。彼女の内面が外見とはじめてつながった瞬間だった。

だから翠は少しだけ前のめりになって、女性のつぶらな瞳を覗きこむ。

「もし、それができるとしたら、どうします？」

「……え……？」

か細い声だ。今にも消えてしまいそうな声音。それでも、声が発せられたということはまだ諦めてはいないということだから。

「鵺さんといって、すごく頼りになる先輩がいるんですよ。鵺さんに相談すればなんでもできるようになります」

「おいおい。人を職業斡旋所みたいに……」

奥のテーブルで食事をしていた鵺が苦笑とともにふり返る。話は聞こえていたんだろう。

彼は席を立ってこちらのテーブルにやってくると、にこやかに女性と握手を交わした。

「仕事の成功は保証しかねるが、店を出す手助けぐらいならお安いご用だ。口座開設から登記までなんでもござれってね」

「ほ……、ほんと、ですか……」

女性の目にみるみる涙が盛り上がっていく。鵺の言葉を噛み締めるようにゆっくりと瞬きをすると、それは透明の滴となって白い頬を伝い落ちた。

「あらら。女の子泣かせたわね」

「僕のせいか？」

狐が飛んできて女性の頭をぎゅっと抱き締める。なぜか目の仇《かたき》にされた鵺は顔を顰《しか》めたものの、女性がうれしそうに笑うのを見てすぐに渋面をもとに戻した。

「ずっと、自分には無理だと思っていたんです」

すんと洟《はな》を啜《すす》りながら女性が口を開く。

「でも、どうしても諦めきれなくて……今日ここに来たのも、そんな中途半端な気持ちを捨てて、現実的に生きていくためのヒントが見つかればと思ったからなんです。なのに、こんなことがあるなんて……」

道が開けるなんて思ってもみなかったと女性は声をふるわせた。

そんな彼女に、鵺は現実を見せることも忘れない。

「きみの頑張り次第だぞ。開店翌日に潰《つぶ》れるかもしれないんだからな」

「はい。わかってます。……ほんとに、ありがとうございました」

鵺を見、狐を見、それから最後に翠を見て、女性は深々と頭を下げる。

だから翠もにっこり笑って頷いた。

「大変なこともたくさんあると思いますが、そんな時はいつでもここにいらしてください。おいしいご飯を食べれば気持ちも落ち着きます。それに、ここのお客さんはみんなとてもやさしいので、きっとアドバイスももらえますよ」

「はい。……はい」

ほっとするものが食べたいという女性におすすめメニューを勧めると、彼女はその中からポトフを選んだ。最近は仕事が忙しく、きちんとした食事もままならなかったそうで、一口食べてはおいしいと笑い、笑っては涙をこぼす様子に見ているこちらまで胸がいっぱいになってしまった。

何度も頭を下げて女性が帰っていった後、翠は再び給仕に戻る。

「だいぶ板についてきたな」

さり気なく大地から褒められ、肩の力がすとんと抜けた。

「ありがとうございます。もっと緊張せずに話せるといいんですけど……」

「翠くん、最初の頃はガッチガチだったよな」

「あら、そこが翠ちゃんのいいところじゃない」

鵺や狐にもからかわれる始末だ。占いをはじめたばかりの頃はわたわたとして、客の方が気を遣ってくれたほどだったっけ。

今では落ち着いて相手の思考を読むことができるし、本心を解釈して、背中を押すための言葉に換えることもできるようになった。

自分には、行く道を示すような大胆なことはできないけれど、「ほんとうはこうしたいと思っている」「本心では好きだと思っている」という揺らぎを見つけることならできる。だから占いというよりは、自身と向き合ってもらうためのささやかな手伝いをしているようなものだ。それでもありがたいことに、翠の占いは客の間で瞬く間に評判になった。

「あっという間に売れっ子ね。翠ちゃんの予約、今じゃ二ヶ月待ちって聞いたわよ」

コーヒーを飲みながらウインクを投げてよこす狐に、翠は「とんでもない」と首をふる。

「単に、何人も続けて見ると疲れてしまうだけなんです。集中力のないあやかしでお恥ずかしい限りです……」

これは何度か試してみてわかったことだ。給仕とも兼任なので、無理をしない範囲でと一回ひとりまでにさせてもらっている。

「恥ずかしいことなんてない。よく頑張っているじゃないか」

「大地さん」

「ホールに出て、占いまでこなすんだ。それまで誰かと話すことなんてほとんどない暮らしだったことを考えたら大したものだ」

「ちょっと。それじゃ翠ちゃんが引きこもりみたいじゃない」

狐の突っこみに客たちが笑う。大地はムッスリと眉を寄せていたけれど、引きこもりは言い得て妙だなと翠は一緒になって笑ってしまった。

彼の言うとおり、山にいた頃はほとんど喋らない毎日だった。ここに来て慣れつつあるものの、ホールで注文を取るだけならまだしも初対面の相手と腰を据えて話すのはやはり緊張してしまうので、占いは一日おきにさせてもらっている。

こんな調子だから、顔なじみの客を見るだけでシフトがパンパンになってしまうのだ。もっとたくさん引き受けられればいいのだけれど、力をうまくコントロールできるようになるまでもう少し時間がかかるかもしれない。

そう言うと、大地はゆっくりと首をふった。

「翠は充分よくやっている。俺がわかってる」

きっぱりと言いきられる。大きな手が「もっと肩の力を抜け」というように頭を撫でてくれるのがうれしくて、ついつい「えへへ」と笑ってしまった。

「んまー。このふたりはほんとに」

狐はなぜかうれしそうで、ふさふさの尻尾を膨らませる。気が乗った時の彼女の癖だ。

美しい九尾の尾をふりながら狐は意味ありげに笑った。

「引きこもりっていうより、箱入り娘ね」

「彼の場合は箱入り息子では……？」

「ドクター、そこは真面目《まじめ》に突っこまなくていいのよ」

またしても皆が笑う。箱入りという言葉が翠にはよくわからなかったけれど、狐も皆もそして大地も、まんざらでもない顔をしているからきっといい意味なんだろう。

翠はあらためて大地にぺこりと頭を下げた。

「大地さんのおかげでこんな経験までさせていただけて、ほんとうに楽しいです。ぼく、もっともっと頑張りますね」

「礼を言うのは俺の方だ。おまえがよくやってくれるおかげで仕事もやりやすくなった」

「新しいお客さんも増えたものね」

「ほんとうですか」

翠に占ってもらった客が知り合いのあやかしにそのことを話し、今度はそのあやかしが客として琥珀亭を訪れるケースも少しずつ生まれているらしい。

「売り上げも右肩上がりだろうしな。今夜はマスターの奢《おご》りだったりして」

「鵺さんにツケておきますよ」

冷静な大地の返しに鵺は「おっと」と肩を竦めた。

「それにしても、翠くん様々だな」

コーヒーカップをソーサーに戻しながらしみじみと鵜が言う。ドクターや狐もうんうんと頷いているのを見て、翠は慌てて首をふった。

「大地さんのご飯がおいしいからですよ。皆さん、それを楽しみに来てくださってるって知っています。もちろんぼくもそのひとりです」

皆と同席はできないけれど、その代わりに一日の終わり、大地と賄いを食べるのが翠の密《ひそ》かな楽しみのひとつだ。

その時ある材料でさっと作ってくれることもあれば、翠のリクエストに応えてくれることもある。はじめのうちはあれこれとねだっていた翠だったが、なにを食べてもおいしいので最近ではほとんどお任せだ。「今夜はなにが出るんだろう?」というわくわくが仕事の張りにもつながっている。

「こういうのを『役得』って言うんですよね」

この間いちごに教えてもらった言葉だ。

そう言うと、大地は困ったように眉を寄せ、それからそっと目を細めた。

「そこまで持ち上げられたら今夜はスペシャルメニューにするしかないな」

「えっ。スペシャルってなんですか」

「それは出てきてからのお楽しみだ」

「わぁ！」

そんなことを言われたのははじめてだ。どんなメニューだろうと浮かれる翠と微笑む大地を交互に見ながら、狐はなぜか椅子の背を尻尾でぺしぺしと叩《たた》いた。

「このふたりはほんっとに……」

「ははは。同感」

珍しく鵺まで意気投合している。

またも笑いの渦に巻きこまれながら、にぎやかな夜は更けていくのだった。


店仕舞いをした後は自宅である二階に上がる。

薄暗い寝室を覗くと、子供たちはよく寝ているようだった。

いちごは元気よく布団を蹴《け》っ飛ばし、口をすかーっと開けて眠っている。一方のさんごはお行儀よく布団に包《くる》まり、すやすやと寝息を立てていた。こんなところにも性格の差は現れるらしい。

けれどよく見れば、さんごはちょっと暑そうだ。夏だというのにそんなに布団を被っていては、明け方寝汗が冷えて風邪をひいてしまうかもしれない。

翠はふたりの間に膝をつくと、まずはいちごに布団をかけ直した。さんごの方はお腹を残して布団を剝ぎ、どちらの寝汗もタオルで拭《ぬぐ》う。よほどぐっすり眠っているんだろう。起きる気配もない子供たちの前髪をかき上げながら、頬に自然と笑みが浮かんだ。

どうしてこんなにかわいいんだろう。愛《いと》しくて、ずっと見ていたくなる。子供を持ったことのない自分でもこんな気持ちになるなんて。

「おやすみなさい」

胸のあたりを布団の上からやさしく叩き、寝室を後にする。

隣の和室では大地がパソコン上で帳簿をつけているところだった。

「寝てたか」

「はい。ぐっすり」

笑み交わしながら隣に座る。帳簿つけをする時は横で数字を読み上げるのが翠の役目だ。いつもどおりはじめようとすると、なぜかやんわり止められた。

「今日は占いも長くて疲れただろう。先に寝ていてもいいんだぞ」

「いいえ、やらせてください。ぼくはパソコンも使えませんし」

「おまえには甘えてばかりだな」

「それを言うのはぼくの方です」

無理のない範囲でと譲歩し合い、一緒にディスプレイを覗きこむ。するとと作業をはじめてすぐ、大地が「へぇ」と声を上げた。

「確かに、こうして見ると売り上げが伸びてきている」

「よかったです。鵺さんがまだまだ『景気』が悪いって言ってましたから」

「おまえはしかし、断片的な言葉をよく覚えてくるな」

さっきも『役得』を披露したばかりだ。苦笑している大地には申し訳ないのだけれど、そういえば訊きたいものがもうひとつあった。

「大地さん、『箱入り娘』ってなんですか？」

「は？　あー、今度は狐さんか……」

大地は顔を顰め、やれやれとため息をつく。

「ざっくり言うと、大切ということだ。大事だから外に出したくない」

「え……？」

思ってもみない返事だった。てっきり、役に立つとか、便利だとか、そういう意味だと思っていたのに。

「それは、ぼくのことなんでしょうか……？」

外に出したくないほど大事だなんて、ずいぶんと分不相応だ。それがわかっているのに彼を見ているだけで頬が熱くなってくるのが自分でもわかる。

思ったことは全部顔に出ていたんだろう、大地がくすりと含み笑った。

「実際、ここに来てから外に出していないしな」

「特に用事もないですし……。それに、こんなことを言ったら笑われるかもしれませんが、ぼくはその、ほ…、方向音痴なので、また迷ったら恥ずかしいというか……」

声がどんどん尻窄《しりすぼ》みになる。それでも実際問題、帰ってこられなくなったら困るのだ。

必死に訴える翠に、大地は声を立てて笑った。

「迷子のあやかしか。心配しなくても探しにいってやるぞ」

「そんなご迷惑をおかけするわけには……。ぼくは大地さんにご恩返しがしたいんです」

「義理堅いやつだな。そんなに気にしなくてもいいんだが」

「そういうわけにはいきません」

なんといっても命の恩人だし、自分の可能性を認めてくれた人なのだ。

「大地さんのおかげでぼくの世界は広がっています。それがすごくうれしいんです」

「翠？」

「ここにいるだけで自分が変わっていくのがわかるんです。誰かと笑って話せる日がくるなんて、これまで想像したこともありませんでした。ずっとひとりでいましたし……」

山にいた頃は膝を抱えていた記憶しかない。

懐かしい風景を思い出したせいだろうか、脳裏にひとりの男の顔が過《よ》ぎった。

——篝さん……。

あの頃の自分にとってたったのひとりの仲間だった。機嫌を取るのが難しくて、一緒に笑い合ったことなんて一度もない。そして、そんなことに気がつきもしなかった。

「昔のことを思い出してるのか」

「はい」

頷いた瞬間、どうしてだろう、大地の纏う空気が変わる。

「おまえをひどく扱っていたやつのことなんてもう忘れてしまえ」

いつにない険しい表情に返事をすることさえためらわれた。

「言っていただろう、一方的に尽くしてばかりだったと」

「あれは……ぼくがそれしか思いつかなかったんです。どうしたらよろこんでもらえるかわからなくて……」

結局今でもわからないままだ。

それに、不可解だったことがもうひとつある。

「一度だけ、組み敷かれたこともあります。ぼくは男なのに変ですよね」

よほど相手に困っていたのか、あるいは戸惑う翠を見て笑いたかったのかもしれない。

どちらにせよ暴力でなくてよかったと苦笑する翠に大地が身体ごと向き直った。

「ほんとうなのか」

「あ、あの……」

食い入るような眼差しに息を呑む。そんなに驚かれるとは思わなかった。不快な思いをさせてしまったかもしれない。あるいはやさしい彼のことだから、心配させてしまったかもしれない。

「すみません、変なことを言って……。大丈夫です。結局なにもなかったんです。途中で興が削《そ》がれたって言われてしまって……」

――役に立たない上に、閨《ねや》の相手もできないのかよ！

寒空の下、追い打ちをかけるような酷《ひど》い言葉とともに放り出された。知識もなく、経験もなかった翠にはどうすることもできなかった。思い出すたびに胸がぎゅうっと痛くなる。自分で自分が情けなくなり、曖昧《あいまい》に笑った時だった。

「翠」

強く手首を摑まれる。これまで強引なことなど一度もしなかった人なのに、まるでいつもの彼らしくもない。大地はやり場のない苛立《いらだ》ちをぶつけるように「くそっ」と低く舌打ちした。

「どうして笑って流すんだ。取り返しのつかないことになるところだったんだぞ」

おまえが傷つけられるところだったと悲痛な声が訴える。

「自分がその場にいなかったのが悔しい。いたら、そいつをぶん殴ってやったのに」

「大地さん」

「もっと自分を大切にしてくれ。そんなやつ仲間でもなんでもない。目を覚ませ」

まるで自分自身が踏み躙られたかのように怒りを露《あら》わにする大地に、ようやく気持ちが追いついた。彼は、自分のために怒ってくれているんだ。あの頃の、なにもできなかった自分のために。

「二度とその男に近づくな」

有無を言わせぬ声に心が揺れる。

「でも……いずれぼくは、山に帰ります」

そうすれば篝と顔を合わせることもあるかもしれない。ただの居候がいつまでもここにいるわけにはいかない。

けれど大地は頑として首を横にふった。

「ここで暮らせばいい」

「そんな、ずっとご厄介になるわけには……」

「おまえがいてくれるおかげで助かっている。常連たちとも馴染んだろう。だがなにより俺が、おまえにここにいてほしいんだ」

きっぱりと言いきった後で、大地はなぜか眉間に皺を寄せる。

「子供たちだっておまえを慕ってる。その、なんだ……あいつらのためにもいてくれ」

後頭部を掻《か》くのを見上げながら、ついきょとんとなってしまった。

——大地さん、もしかして照れてる……？

はじめて見るその表情がなんだかくすぐったい。大地も居心地が悪いのだろう、手首を摑んでいた手を離すなり、プイと明後日《あさって》の方を向いてしまった。

じわじわとしたものが胸の奥からこみ上げてくる。ここにいてほしいと言ってもらえた。ここで暮らせと言ってもらえた。

「ぼくで、いいんでしょうか」

「おまえがいいんだ」

力強い即答が返る。

「ありがとうございます。うれしいです」

「俺もだ。今後もしそいつがやって来たとしても、その時は俺が追い払ってやる。だから安心してここにいろ」

大地がこぶしを握ってみせる。かつて仲間と慕った篝を裏切るようで少し後ろめたくもあったけれど、大地と一緒にいたい一心で頷いた。

大地がやさしく頭を撫でてくれる。節くれ立った大きな手に翠は自分から頬をすり寄せ、その感触を思う存分味わった。

「大地さんといると安心します。こうして昔のことをふり返ることができるようになったのも大地さんのおかげです」

「翠」

長い指がやさしく頬を滑り、首筋へと落ちていく。それがとても心地よくて翠はうっとりと目を細めた。そうしているうちにそっと肩を引き寄せられる。すっぽりと腕に包まれ、大地の胸に頬を寄せるような格好になった。

――あったかい……。

不思議だ。ほっとするのにドキドキする。息を吸いこむたびに大地のいい匂いがして、なんだか頭がくらくらとなった。

頭上からもう一度、低い声に「翠」と呼ばれてさらに胸がドキッとなる。

「おまえはもっと俺を頼っていい。寄りかかっていいんだ」

「で、でも、そんなことをしたら大地さんが倒れてしまいます」

いくら自分でも体重ぐらいある。

そう言って慌てる翠に、なぜか大地が噴き出した。

「そういう意味じゃなかったんだが……いや、それでもいいか」

どういうことだろう。ますます謎《なぞ》かけのようだ。首を傾げるのさえおかしかったのか、喉奥でククッと笑われた。

「ひどいですよ、大地さん。ぼくはそこまで重たくないです」

「あぁ、そうだな。おまえはもっと太らせないと」

「えっ」

もしかして、丸々と太ったところを食べるんだろうか？　食材として？

腰が引ける翠を見て、大地はとうとう我慢できないとばかりに声を立てて笑った。

「おまえの考えることはいちいちおもしろいな。あやかしを食べる人間なんているわけないだろう」

「そ、そうですか」

それはよかった。

――でも、どうしてもって言われたら居候のお礼として……。

そんなことを考えていると、すかさず頭をぺしっとされた。

「そういう意味でここにいてくれと言ったんじゃないぞ。おまえと一緒にいたいからだ。そんな相手を食うと思うか？」

「えっと……？」

「翠にはもっと健康的になってほしいんだ。その方が元気も出る。……まぁ、元気潑剌《はつらつ》なあやかしっていうのも考えてみればおかしなもんだが」

自分で言っていておきながら大地がまたもぷっと噴き出す。

うれしそうな彼を見上げながら、翠もまた一緒になって笑うのだった。

「さて、と……」

今夜のおすすめメニューを黒板に書き終え、翠はふう、と一息吐いた。

イサキのムニエル・バター醤油《しょうゆ》ソースやトリュフ入りのスフレオムレツなど、大地の自信作がずらりと並ぶ。自分の字が汚かったばっかりに注文されなかったら申し訳ないと、息を止めて一生懸命書いた。おかげで少しばかり畏《かしこ》まった感じになったものの、我ながらいいできだと思う。

それを壁の一角に掲げ、各テーブルに一輪挿しを飾ったら開店準備は完了だ。この花を選ぶ仕事も最近では翠に任されたもののひとつだった。

今夜は、馴染みの花屋から薄紫色のトルコキキョウが届いた。それを銀製の花入れに一輪ずつ活けるのも楽しい。山にいた頃は毎日のように草花を目にしてきたから、こうして花を飾っていると気持ちも安らいだ。

最後の仕上げに翠はテーブルを拭いていく。

L字型のカウンターや、厨房との仕切り台の上もきれいに拭い、やれやれと身体を起こした時だった。

「……あれ？」

拭き残しだろうか、厨房側の仕切り台の一角が焦げ茶色になっている。ごしごし擦ってみても取れる気配もない。不思議に思ってよく見たところ、それは単なる汚れではなく、焦げ跡だとわかった。

琥珀亭のホールに立つようになって一月。毎日掃除はしていたものの、仕切り台の内側までは目を懲らして見たことがなく、気づかずにいた。

まるで、熱した鉄板でも当てたような……。

「大地さんが？」

思わず首を傾げる。しっかりものの彼がそんなことをするとは思えない。

もう一度しげしげと焦げ跡を見ていると、奥から大地が出てきた。

「どうした？　カウンターなんてじっと見て」

「あ、大地さん。これ……」

指を指すと、大地はわずかに顔を曇らせた。

「……昔、ボヤ騒ぎがあったんだ」

「ボヤって？」

「火事のことだ」

「……！」

背筋がゾクッと冷たくなる。経験として、乾燥しがちな冬の山火事ほど怖ろしいものはなかったからだ。

青ざめる翠に、大地は「火はすぐに消し止められたから大丈夫だった」と教えてくれる。

けれど大事には至らなかったとはいえ、火が出たことに変わりはない。身の竦むような思いで焦げ跡を見つめていると、励ますようにポンと肩を叩かれた。

「やっぱり怖いよな。おまえに話すのはどうしようかと思っていたんだが、説明した方がよさそうだ。じゃないと、毎日これを見るたびに萎縮《いしゅく》してしまうだろう」

「大地さん」

「少し長くなるが聞いてくれるか」

カウンター席に座るよう促される。

そうして自分も隣に腰を下ろした大地は、静かに口を開いた。

「昔――まだ叔父さんがマスターをしていた頃の話だ。店が軌道に乗りはじめた頃で、毎日忙しくしていたんだろうな。集中力が擦り切れていたのか、火事を出しかけたことがあった」

その時、助けてくれたのが十護だった。開店前から店に顔を出してはなにげない話をするのが好きだったという彼は、たまたま居合わせたその場で火が出るのを目の当たりにし、身を挺《てい》して消火活動に当たってくれたのだそうだ。

「すごい……」

己の危険も省みず、叔父と店を救ったと聞いて鳥肌が立つ。

「叔父はそれ以来、十護さんのことを『命の恩人』と呼んだそうだ」

「お気持ちわかります。いくら信頼関係があっても、火はやっぱり怖いですから……」

自分なんていまだにコンロの火が怖い。山火事ですべてが灰になってしまう光景を目の当たりにして以来、できるだけ避けるようにしてきた。

それなのにどうして、十護は身を挺してまで先代を助けることができたんだろう。

話に圧倒されていると、大地はふっと遠くを見るような目になった。

「普通ならできないことだろうな。だが、十護さんには誰にも言えない秘密があった」

「え？」

「叔父のことが好きだったんだ」

言われている意味がわからず、きょとんとしたまま大地を見上げる。自分の記憶が確かならばふたりとも男性ではなかっただろうか。

——同性なのに、好きになる……？

理解が追いつかないでいる翠に、大地はなぜか痛みをこらえるように目を眇めた。

「無理もない。それが普通の反応だ」

「あ、あの……」

「十護さんもそれを恐れた。だから叔父に想いを打ちあけない代わりに、一番傍にいることを選んだ。あの人が足繁く店に通ってくれたのは、一緒にいられる場所を守りたいって思いがあったんだろうな」

「そんな……」

そんな寂しいことってあるだろうか。

一心に見上げる翠に、大地はただ「そういう生き方もある」とだけ呟いた。

「俺が十護さんだったらきっとそうする。同性に向けていい感情じゃない。好きな相手に拒絶されることを考えたらな」

「大地さん？」

それはどういう意味だろう。

けれど翠が訊ねるより早く、大地が話を再開した。

「その後、十護さんは人間の女性と結婚して子をもうけた。叶《かな》わない恋に踏ん切りをつけるつもりだったのかもしれないな。その時の子供がいちごとさんごだ」

「そうだったんですか」

驚いた。わけあって預かっているとは聞いていたけれど、あのふたりは昔の常連客の子供だったんだ。

「いちごの名は『一期』、さんごの名は『珊瑚』と書く。漢字も意味も、あいつらに教えるにはまだ少し早いけどな」

一期の意味は『生まれてから死ぬまで』。

珊瑚の意味は『浄化、魔除《まよ》け』。

その名が示すとおり十護の思いがこめられたふたりはどちらも父親譲りで妖力が強く、店に結界を張る役目を担った。親子二代で琥珀亭を守ることが十護の精いっぱいだったのだろう。

けれど子供たちが生まれてすぐ、十護の妻が病気で亡くなった。生まれつき身体が弱く、持病が原因だったそうだが、それでも十護は己の不徳の致すところと自分を責めた。

そんな十護を、つきっきりで慰めたのが叔父だった。

遠慮なく頼ってくれ、身を挺して守ってくれた恩返しがしたいと言ってもらったことで十護の心は救われ、塞《ふさ》ぎがちだった毎日にも少しずつ笑顔が戻っていった。たびたび家族で店を訪れていたこともあって子供たちも叔父に懐き、いっそこのまま四人で暮らせればと思った矢先の出来事だった。

「叔父が、亡くなった」

立て続けに愛するものを失った十護にとって、大地が琥珀亭を再開してくれたことだけが心の支えだった。

叔父との思い出に縋って三年が過ぎた頃、十護を疎んだ輩《やから》によって居場所を特定され、嫌がらせをくり返されて彼は逃避を余儀なくされた。あやかしの中には篝のように自分より強い力を持つものを妬《ねた》む連中が稀《まれ》にいる。消火の際に強い妖力を使ったことで、それまでひっそりと暮らしてきた十護の存在が彼らの知るところとなったのだった。

「ほんとうは子供たちを連れていきたかっただろう。それでも一緒にいては危害が及ぶと判断して、彼は俺に預ける決断をした。……いちごたちが三歳の時のことだ」

かわいい盛り、離れるのはどんなに辛《つら》かっただろう。

「十護さんは、いつか戻ってくるんでしょうか」

「いや、おそらく二度と戻らないだろう。ここへ来るということは、子供たちを危険な目に遭わせてしまうということだ。親ならそんな選択はできまい」

「そんな……。それを承知で、大地さんはあの子たちを……？」

一生ひとりで育てるつもりで引き取ったというのだろうか。

驚いて見上げる翠に、大地は決意の籠もった眼差しで頷いた。

「前に言ったことがあったな、俺がこの店に興味を持つきっかけになった常連客と叔父の話を。あの夜、店の外で叔父と話していたのは十護さんだったと後になって気がついた。彼は叔父の恩人で、俺にとっても大切な人だ。その人の頼みなら引き受ける」

決断に迷いはなかったという。

それでも、はじめのうちはずいぶんギクシャクしたそうだ。

「子供たちが寂しがって毎晩泣いてな……。無理もない。母親が亡くなって間もないうちに今度は父親が失踪《しっそう》したんだ。パパはどこ、パパはどこと訊かれるのが辛かった」

それでも不幸中の幸いか、大地の料理が功を奏した。妻を亡くした後、ひとりで仕事と家事を背負わなくてはいけなくなった十護は、たびたび会社帰りに琥珀亭に寄っては料理をテイクアウトして帰った。それを子供たちが食べ慣れていたため、大地と暮らし出してからも食事を拒むことはなかった。

「一度、プリンを作ってやったことがあるんだ。そうしたらあいつら、はしゃいで……」

子供たちが「大地のプリンはおいしいよ」と得意げに話していたことを思い出す。単に甘いから好きというだけではない。子供たちにとっては思い出の味だったのだ。

――そんなことがあったんだ……。

話に圧倒されてしまう。

「あの……このお話は、他のお客さんもご存知なんでしょうか」

「だいたいな」

ドクターや狐、鵺など、昔からこの店に通っている常連には先代と十護の間に確かな信頼関係があったこと、ボヤ騒ぎが起きたこと、やむにやまれぬ事情で十護が双子を預けていったことまでは周知の事実なのだそうだ。

ただ一点、十護が秘めた想いを抱えていたということを除いては。

「俺も、はっきりと打ちあけられたわけじゃない。なんとなく気づいたんだ」

ふたりの間に流れている空気が少しだけ他と違っていたのだそうだ。

そんな話を聞くと、ますます大地が〈サトリ〉のように思えてくる。どうしてそんなことまでわかるんだろう。

「おまえも大人になればわかるようになる」

「そういうものなんでしょうか」

「あぁ。俺がなんとなく察したことさえ十護さんは気づいていたと思う。お互い口にしなかっただけだ」

大地の言うことがほんとうなら大人というのは不思議なものだ。相手のことは口に出さないことまで気づくのに、自分の背中は誰かに押してほしがるなんて。

「どうして、そんな大事なことまでぼくに話してくださったんですか」

大地が一瞬言葉に詰まる。それから彼は、まるで己に問いかけるようにゆっくりと言葉を紡いだ。

「知ってほしかったのかもしれないな。おまえには話しておかないとと思ってのことだったんだが……俺が、聞いてほしかったんだと思う」

真摯《しんし》な言葉に、彼が抱えてきたものの重さに気づかされる。

同時に使命感のようなものがこみ上げた。自分が篝とのことを聞いてもらって気持ちが軽くなったように、自分も大地のことをもっと知りたい。彼がひとりで背負ってきた荷物を自分にも半分任せてほしい。

「ぼくでは同じようにはできないかもしれませんが、ぼくを十護さんの二代目だと思って頼ってもらえたらうれしいです」

「どうしたんだ、急に」

「大地さんはぼくの大切な命の恩人です。ご恩返ししたいと思う気持ちは変わりませんし、少しでも役に立てたらうれしいです」

一息に捲《まく》し立てると、大地は照れくさそうに、だがどこか困ったように苦笑した。

「そう言ってくれるのはうれしいが……。十護さんの件はさすがに事情が特殊すぎるな。惚《ほ》れた相手にならどんなことだってしてやれるもんだ」

「でも……」

自分の覚悟もそれと変わらないつもりだ。

けれど大地は違うと言う。そんなに恋愛というのは特別なものなんだろうか。こんな時経験がないのが恨めしい。自分には想像すらつかない。

「ぼくにはよくわかりません」

「いいんだ。無理やり理解するものでもない」

「でも大地さんにはわかるんでしょう？　ぼくも知りたいです。大地さんのことをもっとちゃんと理解したい」

嘘偽りのないほんとうの言葉だ。

それは大地にも伝わったんだろう。彼は長い長いため息をつき、それから嚙んで含めるように教えてくれた。

「相手が人間でも、あやかしでも、男でも女でも、大切にしたいと思ったらそれが恋だ」

「それなら、ぼくの気持ちは恋だと思います」

「翠？」

大地の肩がピクリと持ち上がる。

「ぼくはもっと大地さんの傍にいたいです。大地さんを大切にしたいし、できるなら次は直接触れてみたい。大地さんの心の中は、とてもあったかくて心地よかったから」

心の『声』を聞くことができたのは後にも先にも大地だけだ。それだけ自分にとって波長の合う、特別な存在なんだと思う。

けれど、それを言っても大地は首をふるばかりだった。

「おまえぐらいの年の頃には、なにかを特別視することはよくあることだ」

「でも、誰かに触れてみたいと思ったのははじめてなんです。大地さんなら大丈夫な気がするんです」

篝に投げつけられた心ない言葉のせいで、ずっと誰にも触れられなかった。

けれどそれも、大地が相手ならば克服できる気がする。自分は彼のおかげで変わりつつあるのかもしれない。

期待をこめて見上げる翠に、けれど大地は微笑まなかった。こちらに向けられた表情は硬く、その眼差しもどこか冷たい。まるで知らない人のように見えた。

「大地、さん……？」

「こうなったら、説明するより見せた方が早いかもしれないな」

「え？」

「触れてみろ」

そう言うなり手首を摑まれ、強引に腕に触らされる。テーブル越しに占いをした時とはまるで違って、手のひら全体から大地の本心が一気に流れこんできた。

「……！」

その瞬間、翠は思わず息を呑む。

それは大地にも伝わっただろう。けれど彼は顔色ひとつ変えず、翠の手首を握り締めたまま離さなかった。

――こんな、ことって……。

驚きのあまりぎゅっと目を閉じてもなお、頭の中に押し寄せてくる映像は止まらない。

伝わってきたのは大地の切実なまでの想いだった。

『おまえが好きだ』

「……っ」

どうしてだろう。全身に鳥肌が立つ。好意を向けられてうれしくないはずがないのに、なぜこんなに怖いと思ってしまうんだろう。

『手放しでよろこべないのは、おまえが俺と同じ気持ちじゃないからだ。だから無理してわかったふりをするな。おまえには受け止めきれない』

「な……」

突き放したような言い方に胸がぎゅうっと締めつけられる。

けれどおそるおそる目を開けた先、はじめて見る表情に息が止まった。彼は、すべてを諦めたような顔をしていた。

『俺は翠、おまえが好きだ。おまえが男のあやかしだと知った上で、それでもおまえのすべてがほしい。心も、そして身体もだ』

冷たい瞳の奥には仄暗《ほのぐら》い情欲が宿っている。彼が嘘や芝居でこんなことをしているとはとても思えなかった。

――これが、大地さんの本心……。

愕然とする。この一月の間にこんなにも変わっていたなんて。

自分が彼に対して抱いている気持ちとはまるで違う、生々しい激情に言葉を差し挟むこともできない。まさかそんなふうに思われているなんて考えたこともなかった。

ただ一緒にいたいというのとは全然違う。

――大地さんも、篝さんみたいにぼくを組み敷く……？

覆い被さってくる大地を想像し、翠はぶるりと身をふるわせる。それがどうしてかはわからない。嫌とか、気持ち悪いとか、そんなことを考える余裕もなかった。ただただ彼が知らない人に思えて怖かった。

不意に、翠の手首を握っていた大地の手が離れていく。

それと同時に心の声は聞こえなくなり、気まずい沈黙だけが残された。

「わかったか」

重たい声。これに頷いたらいけないと第六感が警鐘を鳴らす。

「で、でもぼくは、大地さんと一緒にいたいです」

必死に訴えたものの大地の心に声は届かず、代わりに乾いた嘲笑《ちょうしょう》だけがこぼれ落ちた。

「おまえには受け止められないとわかっていたくせにな……。それでも、そうあからさまに拒絶されると俺にもこたえる」

「拒絶だなんて、そんな」

「だったら！」

腰を引き寄せられて視界がブレる。あ……、と思う間もなく大地の顔が近づいてきて、そのまま熱いものが唇を塞いだ。

焦点も合わないほど近くに大地がいる。唇に押し当てられたものは熱を孕《はら》み、幾度も角度を変えては押し当てられた。腰に回されていた腕にさらに力が入り、わずかに背が軋《きし》む。

それでようやく我に返った翠は、自分がくちづけられているのだと理解した。

――嘘……、でしょ……？

いくら未熟な自分でも知っている。これは接吻《せっぷん》というのだ。好き合ったもの同士がするのだと人間たちが話しているのを聞いたことがある。だから憧れてさえいた。将来自分はどんな相手と、どんなふうにするのだろうと。

――大地さんが、ぼくに……。

「……っ、……や、……」

声を上げても、息苦しさに身動いでも唇は離れる気配もない。思い知れとでもいうかのように執拗《しつよう》に貪《むさぼ》られるのを翠はただ甘んじて受けるしかなかった。

ややあって、奪われた時と同様、乱暴に身体が離される。

目が合った大地はひどく傷ついた顔をしていた。

「…………悪かった」

追いかける言葉もなく、ホールを出ていく背中を見送る。

茫然としたまま、翠は長いことその場から動けずにいた。

＊

それからというもの、大地とはぎこちないやり取りが続いた。

最低限の会話はできているし、仕事もなんとかなっているものの、相談もできなければ雑談もない。寝る前の一時、帳簿をつけながら話しこむこともなくなってしまった。

自分が彼を怒らせたから。

不用意に「恋」だなんて言ってしまったから。

大地はわかっていたんだろう。自分の気持ちと翠の気持ちが決定的に違うということを。だからやめておけと言ったんだ。それでも翠が無遠慮に踏みこんだから、大地は心を明け透けにした。そこに決定打を打ちこむつもりで。

彼にとって辛《つら》い選択をさせてしまった。大地を傷つけてしまった。

――きっと、大地さんに嫌われた……。

無理もない。それだけのことをしてしまった。

こんな自分とはほんとうは顔を合わせるのも嫌だろう。それでも大地は「出ていけ」とは言わない。ここを出た翠に行く宛がないことを知っているからだ。山に戻っても不幸な目に遭うだけだからと。

やさしい人なんだ。こんなことになってまで翠を心配してくれる。

それなのに、自分はなんてことをしてしまったんだろう。恩返しをしたいと言いながらあれでは恩を仇《あだ》で返したようなものだ。考えれば考えるほど自己嫌悪に押し潰《つぶ》されて身動きが取れなくなってくる。せめて、今の自分にできる精いっぱいのことをしよう、役に立とうと頑張ってみたのだけれど、何度も注文を間違えたり、おかしな返答をしてしまって余計落ちこむ羽目になった。

「ちょっと、翠ちゃん大丈夫？」

「え？」

「心ここにあらずって顔してるわよ。疲れてるんなら休みなさいな」

「翠、元気ないね」

「翠、ぼんやりしてる」

狐や子供たちも心配そうに顔を覗《のぞ》きこんでくる。気遣ってもらえるのはありがたかったけれど、申し訳ない気持ちが強すぎて、翠は曖昧《あいまい》に笑うことしかできなかった。

「大丈夫です。すみません、余計な心配をおかけして」

「そんな顔で言ってもだめよ。ねぇ、ドクター」

「ほんとうですね。最近は顔色もあまりよくないようだ。一度僕のところへ来ますか？」

真剣に来院を勧められそうになり、慌てて首をふる。

そんなことになったら仕事に穴を開けてしまうし、診察代だってばかにならない。給料としてもらったお金は大事に貯めて、いつかここで一緒に暮らすために必要なものを買いたいと思っていた。

でも、それももう叶《かな》わないかもしれない。

――そうだった……。

大地に不本意な告白をさせてしまい、その上その気持ちを受け止められない自分は傍《そば》にいてはいけないかもしれない。いつか出ていけと言われるかもしれない。その時は世話になったせめてものお礼として全額渡し、潔くここを出るしかないんだ。

想像しただけで涙がじわっと出てきそうになる。一生懸命それをこらえ、翠は無理やり笑顔を作った。

「大丈夫ですよ」

ドクターに力瘤《ちからこぶ》を作ってみせながら、同時に自分に言い聞かせる。

大丈夫。大丈夫。せめてお店の中だけでも。

早くいつもの自分を取り戻さなければ。せっかく食事を楽しみに来てくれたお客さんや大地の前でいつまでも不甲斐《ふがい》ない姿を晒《さら》しているのは失礼だ。

「ぼく、仕事に戻りますね。どうぞごゆっくり」

手早く皿を下げ、在庫確認と称して厨房《ちゅうぼう》の奥のバックヤードに籠《こ》もる。

ひとりになった途端胸の奥からこみ上げるものがあり、翠は棚の隙間《すきま》に身を隠して両手で顔を覆った。

泣くつもりなんてなかったのに。

泣いたってどうにもならないのに。

常に自分を叱咤《しった》していないと感情に呑《の》みこまれてしまいそうだ。こんなふうになるのは生まれてはじめてで、自分でもどうしたらいいかわからない。ただただ、これ以上彼に不愉快な思いはさせない自分でいられますように、それを願うばかりだった。

祈るような思いで目を閉じた時だ。

「大地、さいきん翠につめたい」

思いがけない言葉が耳に飛びこんでくる。バックヤードからそうっと顔を覗かせると、厨房の奥で子供たちが大地のエプロンを摑《つか》んでいるところだった。

「翠、かわいそうだよ」

「おちこんでるよ」

「どうしてそれを俺に言うんだ」

「大地がいじめた」

大地は大きくため息をつき、いちごの頭をぐしゃぐしゃとかき回す。

「子供はもう寝ろ」

「やー。子供とか、かんけいないでしょ。翠がかわいそうでしょ」

「大地、翠のこときらいなの？」

さんごの一言が胸に刺さる。

息を詰めて返答を待ったものの、大地から決定的な言葉が返ることはなかった。

「いいか。大人の話に子供が首を突っこむな」

強い口調で言われたせいか、子供たちの細い肩がビクッとふるえたのが遠目にもわかる。

たまらなくなった翠はその場を飛び出し、ふたりをぎゅっと抱き締めた。

「いちごさん。さんごさん」

「あ、翠！」

「翠、お仕事いいの？」

「はい。大丈夫ですよ」

ふたりの頭をそっと撫《な》でる。心細そうな黒い瞳《ひとみ》、今にも泣き出しそうな真っ赤な瞳、そんな二対の目に見上げられると自分までまた涙が出そうになってしまった。

大地はなにも言わず、そのまま踵《きびす》を返して行ってしまう。自分といると居心地が悪いのかもしれない。思わず洩《も》れそうになったため息を呑みこみ、これ以上子供たちに心配をかけないようになんとか気持ちを切り替えた。

「ふたりとも、庇《かば》ってくださってありがとうございました」

さんごがおずおずと口を開く。

「……翠、大地とけんかしたの？」

「ぼくがいけないんです。大地さんは悪くないんです。だから、大地さんを責めないでくださいね」

ふたりはじっとこちらを見つめたままだ。翠の言葉が真実かどうか、子供ならではの鋭さで見抜こうとしているのかもしれない。

「それなら翠、ごめんなさいする？」

「大地にごめんなさいする？」

「え？　……あぁ、そうか」

小首を傾《かし》げて訊《たず》ねるふたりの言葉がすとんと胸に落ちてくる。

「そうですよね。まずはごめんなさいですね。ありがとうございます、教えてくれて」

礼を言うと、子供たちは困ったように、それでいて照れくさそうにはにかみ笑った。

「翠、しらなかったの？　わるいことしたら、ごめんなさいだよ」

「ごめんなさいされたら、ゆるしてあげるんだよ」

「はい。……はい」

もう一度、両手でふたりをぎゅっと抱き締める。

自分より高い体温にほっとしながら、翠は久しぶりに思いきり息を吸いこむのだった。


自分のせいで家族がギクシャクするのはおかしい。

翌日一念発起した翠は、開店準備が一段落するなり大地に声をかけた。

「大地さん」

呼ばれた大地はわずかに視線で応《こた》えるのみだ。それでも反応してくれただけよかったと自分を励ましながら、翠は正面で深々と頭を下げた。

「ごめんなさい」

「……翠？」

いきなりの謝罪に面食らっているのか、大地の声がわずかに掠《かす》れる。それでも翠はお構いなしに頭を下げたまま話し続けた。

「ぼくのせいで、大地さんに嫌な思いをさせてしまいました。こうしてきちんとお詫《わ》びをするまで時間がかかってしまったことも謝らせてください。ごめんなさい」

大地が息を呑んだのがわかる。

――ごめんなさいされたら、ゆるしてあげるんだよ。

さんごはそう教えてくれたけれど、許されなくてもいいと思っていた。自分はそれだけのことをした。

どれくらいそうしていただろう。

不意に肩に手を置かれ、驚いて顔を上げると、大地がまっすぐにこちらを見ていた。

「おまえが謝ることはなにもない」

「でも」

「俺が悪かった。おまえにひどい八つ当たりをした」

「それは……」

なにもわかっていなかったくせに、自分が煽《あお》るようなことを言ったから。

じりじりとした焦燥感に駆られながら大地を見上げる。こうして目を合わせるのは唇を重ねた時以来だ。彼も同じことを思ったのだろうか、そっと鳶色《とびいろ》の目を細め、痛みをこらえるように眉《まゆ》を寄せた。

「そんな目で見るな。決心が揺らぐ」

「え？」

どういう意味だろう。

けれど翠が訊ねるより早く、大地が再び口を開いた。

「明日の夜、よければ出かけないか。店は休みにして」

「出かけるん、ですか……？」

意外な言葉に首を傾げる。人から姿の見えないあやかしの自分が、一緒に外出しようと誘われるなんて思ってもみなかったからだ。

けれどその一方で、狐が言った『箱入り娘』という言葉が脳裏を過《よ》ぎる。「大切だから外に出したくない」と大地が言っていたことも。

――そう、か……。

とうとう外に出してもいいと判断されたんだろう。

しかたがないという気持ちと、胸がズキズキするような痛みが交錯する。それでも自分のせいだからと、翠はあえてなにも気づかなかったふりをして申し出を受けることにした。

「お散歩でも？」

「近所で夏祭りがあるんだ。これまで顔を出したことはなかったんだが、ちょうどいい。子供たちも連れていこう」

「四人で思い出作りができますね」

なにげなくそう言った途端、大地が眉間《みけん》に皺《しわ》を寄せた。

「……思い出、か…………。そうだな」

「あの…、大地さん」

「いや。なんでもない」

また不愉快にさせてしまったかもしれないと焦る翠に、大地は小さく首をふった。

「そうと決まったら準備しないとな。鵺さんに頼んで、おまえと子供たちを人に擬態させてもらおう。縁日で遊びたいだろう」

張りのあるいつもの声だ。常連たちにも明日の臨時休業を伝えないとと張りきっている。まるでなにかを吹っきろうとするかのような背中に言いようのない焦りを覚えていると、厨房に入りかけた大地がふと足を止めた。

肩越しにふり返る。その表情はとても静かで、どこか達観しているようにも見えた。

「いい思い出にしよう。翠」

どうしてだろう、大地がとても遠く思える。

うまく返事をすることができないまま、翠はただ広い背中を見送るしかなかった。


翌日の夕方、わざわざ来てくれた狐におめかしをしてもらい、四人は浴衣《ゆかた》姿で夏祭りへくり出すこととなった。

真新しい着物というだけで新鮮な気持ちになる。

狐が「翠ちゃんに似合うと思って」と用意してくれたのは、墨を水に溶いたようなやさしい薄墨色の浴衣だった。生成りの浴衣に紺色の兵児帯《へこおび》を締めてもらった子供たちは動くたびに背中の帯が揺れるのが楽しくてしかたないらしく、きゃっきゃとはしゃいでいる。

そんなふたりを見下ろしながら、黒い縞絣《しまがすり》に身を包んだ大地が目を細めた。

剥《む》き出しの喉仏《のどぼとけ》やわずかに見える鎖骨からは男らしさとともに、ほんのりとした色気が漂ってくる。コックコートを着ている時も思ったけれど、彼の褐色の肌には黒い色がよく映える。それを目に焼きつける思いで先に立って歩く広い背中を見上げた。

毎日着物を着ている翠たちと違い、大地は少し歩きにくそうだ。下駄に慣れないうちは靴擦れもできるかもしれない。そんな着物初心者のために、面倒見のいい狐は絆創膏《ばんそうこう》まで用意してくれた。

「浴衣でデートだなんていいわねぇ。いっぱい楽しんでくるのよ」

ガッツポーズとともに送り出してくれた彼女には心から感謝だ。デートがなんのことかそういえば訊《き》くのを忘れたけれど、あんなにうれしそうに言うのだからきっと素敵な意味なんだろう。

それでも、手放しによろこぶわけにはいかないけれど。

――ごめんなさい、狐さん。

心の中で詫びながら、カランと小気味いい音を立てる下駄を見下ろす。

箱入りではなくなってしまったけれど、せめて一緒にいる間は楽しく過ごそう。せっかく誘ってもらったのだ。大地に後悔させたくなかった。

翠は気持ちを切り替えるように周囲を見回す。

目的地の神社が近づいてくるにつれ、自分たちと同じように浴衣姿の人たちがちらほら見受けられるようになった。誰《だれ》もが頰《ほお》を上気させ、今夜を楽しみにしているのがわかる。

そんな人たちがこちらを見るたび、狭い通りでは道を譲ってくれるたびに、彼らの目に自分が見えていることを実感した。鵺の幻術はほんとうにすごい。店の外では透明人間のようだった自分が個体として認識される日がくるなんて、想像もしたことがなかった。

――人間らしく、落ち着いてふるまわなくちゃ……。

そう思ったのも束《つか》の間。

「あ！　りんごあめ！　おれ、あれ食べる！」

「ぼくも食べる！」

参道にずらりと並んだ屋台を目にするなり、弾丸のような速さでいちごとさんごが駆け出していく。

「あ、ふたりとも走ったら危な……、わっ」

「おっと」

子供たちを追いかけようとした途端、石に躓《つまず》いてしまう始末だ。大地が支えてくれなければ今頃顔から地面に激突していたことだろう。

「す、すみません……」

「いや、いい。下駄は歩きにくいだろう」

いつも草履を履いているから大したことはないのだけれど、それは言わないことにする。

素直に礼を言って屋台に辿《たど》り着いた時には、いちごが店で一番大きな林檎飴《りんごあめ》を選んだところだった。

「いちごさん。そんなに大きいの、食べられます？」

「へいきだよー」

「でも、他にもいろいろありますよ。ほら、あっち。ベビーカステラって……書いてありますけど、なんでしょうね。いい匂《にお》い……」

「翠、ベビーカステラしらないの？　おいしいんだよ」

「ふわふわで、あまくて、あったかいの」

ふたりは目をきらきらさせながら説明してくれる。

「それも一緒に食べましょう。それからあっちの、わた…、あめ？　え？　雲？」

「ふふふ。翠、わたあめは雲じゃないよー」

「でもおいしいんだよー」

全部食べるもんねーと笑いながら子供たちは次の屋台に駆けていった。手にはしっかり林檎飴を握ったままだ。

「やれやれ」

大地が財布を取り出すのを見届けて、翠はすぐさまふたりの後を追った。

暗くなりはじめた参道にぽうっと赤い提灯《ちょうちん》が灯《とも》る。それを見上げる人々の間を楽しげな声と笛の音がすり抜けていった。

こうしていると、非日常の世界に迷いこんだかのようで足元がちょっとふわふわする。威勢のいい呼びこみの声やソースの焦げたおいしそうな匂い、鉄板にじゅうっと跳ねる油の音にまで高揚感を煽られ、あれこれと頬張っているうちに楽しい夜はあっという間に更けていった。

はじめのうちはまだなんとなく大地と距離を置いていた子供たちも、思いきりはしゃいで気持ちが解《ほぐ》れたのか、徐々に打ち解けてくる。そんないちごとさんごに助けられ、翠も自然と大地に笑いかけられるようになっていった。

冷たいラムネを買ってもらったふたりが中のビー玉に目を輝かせる隣で、大地がお茶を差し出してくれる。

「喉が渇いたろう」

「ありがとうございます。……ほんとうだ、喋《しゃべ》りすぎました」

言われてはじめて、声がカラカラになっていることに気がついた。

疲れた喉に冷たい緑茶が気持ちよく、ごくごくと喉を鳴らした後で、ふうーっと大きく息を吐く。それを見た子供たちが次々にふうーっと真似《まね》をして、大地とふたりで笑ってしまった。

「まったく、大人の真似ばかりする」

「そういうものですよ。かわいいですよね」

「おまえもそうだな」

「えっ」

気づかないうちにまた変な言葉でも披露してしまっただろうか。

ギクリとする翠がおかしかったのか、大地は肩をふるわせて笑った。

「おまえの仕草はどちらかというと子供たちに似ている。こいつらがお手本なんだろう。時々悪いこともするからそれは真似するなよ？」

「おれ、わる…、なんて、……て、ないもん」

「食うか喋るかどっちかにしろ」

そんなやり取りにも噴き出してしまう。目が合った大地ともごく自然に微笑《ほほえ》み合えた。

――よかった……。

四人の間にもとのあたたかさが戻ってきたことに心底ほっとする。大地ともいつもどおり話せて、ぎこちないながらもやさしくしてもらえて、それがとてもうれしかった。

子供たちもお腹がいっぱいになったらしく、その後は漫《そぞ》ろ歩きながら露店を見て回る。口の周りを飴でベタベタにしたいちごの面倒を見たり、きらきらした目で金魚掬《すく》いを見つめるさんごを説得したりしながらにぎやかな祭りを楽しんだ。

いつになくはしゃいだせいだろうか。ようやく境内に着く頃には子供たちの足元もふらふらとおぼつかなくなる。

「さんごさん、眠そうですね？」

「ん、んー……」

小さな手で目をこしこしと擦《こす》ったものの眠気には勝てなかったようで、さんごがついにこてんと小さな頭を預けてくる。その隣では、いちごがいつものように口を開けて大地に抱っこされていた。

「寝ちゃいましたね」

「電池切れだな」

顔を見合わせてくすりと笑う。

それぞれひとりずつ背中に背負い、もと来た道を歩き出そうとした時だ。

「これから花火が上がる。少しだけ見ていかないか」

「花火？」

それはいったいなんだろう。首を傾げていると、大地は「夜空に咲く花のことだ」と教えてくれた。

「夏にしか見られないんだ」

「一年に一度だけなんですね。どんな花なんでしょう。楽しみです」

案内されるまま、わくわくしながら境内裏手の石段を上がる。登りきった上はちょっとした広場のようになっていて、すでに何組かのカップルが特等席を陣取っていた。

「こっちだ」

大地はさらに奥に進むようだ。そこから先は整備された石段ではなく、自然の石を積み上げただけのゴツゴツした階段で登るのに少し時間がかかったものの、見晴らしはグンとよくなった。

「誰もいませんね」

「鴒さんに教えてもらった穴場なんだ。さっきのところよりよく見えるぞ」

吹き上げる夜風が火照《ほて》った身体に気持ちいい。

ゆっくりと眺望を堪能《たんのう》した後で、ふたりは並んで大きな木の下に腰を下ろした。

子供たちはよく眠っているようで起きる気配もない。いつものように前髪をかき上げてやると、ふたりは安心しきった様子で目を閉じながらふふふと笑った。

それを見て翠も思わず口元をゆるめる。日中どんな悪戯《いたずら》をしても、このかわいい寝顔を見たら次の日まで怒っているなんてとてもできない。この子たちのために明日もまた頑張ろう、思うのはただそれだけだ。

そう言うと、大地はうれしそうな、それでいてどこかせつなそうな、複雑な顔をした。

「おまえがそんなふうに言ってくれるなんてな」

「え？」

「まるで家族みたいじゃないか」

どういう意味だろう。こんな自分でも、彼の家族の一員にしてもらえるんだろうか。

まさかという思いと、もしかして……という期待が入り交じり心臓がドクンと高鳴る。

思いきって口を開こうとした時だった。

ドーン！　という威勢のいい音とともに夜空がぱっとあかるくなる。

「わっ」

驚いてそちらを見ると、夜空に大輪の花が開いたところだった。

「だ、大地さん、あれ！」

「あぁ、はじまったな」

あれが花火なのだそうだ。

大きいもの、小さいもの。色とりどりの花が咲いては消え、消えてはまた咲いていく。

ドーンという腹に響く大きな音や、鼻孔を掠める煙の匂いにわくわくと胸が躍った。

「すごい……」

「気に入ったか」

「はい。とても」

次々と打ち上げられる花火を見逃さぬよう、翠は息を詰めて夜空を見つめる。この世にこんなきれいなものがあったなんて知らなかった。それを大地と一緒に見られてほんとうによかった。

地上からも人々の歓声が聞こえてくる。

その合間を縫って、一際大きな玉が打ち上げられた。

「わぁ！」

まるで壮麗な錦絵だ。夜空いっぱい光で埋め尽くされていく。

次から次へと打ち上げられる花火に心を奪われたまま、どれくらいそうして空を眺めていただろう。

「このまま四人で暮らせたら、か……」

不意に、隣からぽつりと呟《つぶや》きが洩れた。

その瞬間、さっきまでの昂奮《こうふん》がすうっと引いていく。大地を見ると、彼は光を見つめたままどこか遠い目をしていた。

このまま四人で暮らせたら――。

先代のマスターを愛した十護さんの言葉だ。妻を亡くし、子供たちを抱え、許されぬ想いを秘めたままそれでも一縷《いちる》の望みに縋《すが》った言葉。叶えられなかったその言葉。

――それをどうして、大地さんが……。

大地がゆっくりとこちらに顔を向ける。言葉を差し挟むこともできずにじっと見つめるばかりの翠に、大地はそっと目を細めた。

「……すまなかった」

静かに告げる横顔を、眩《まばゆ》いばかりの花火が照らす。

「おまえに無理やりくちづけたことを謝らせてほしい。あんなふうに暴かせるつもりじゃなかった。言わずにいるつもりだったのに……」

「大地さん」

「嫌な思いをさせたのは俺の方だ。男にキスされるなんて気持ち悪いと思ったろう」

「そ、そんなことっ」

とっさにぶんぶんと首をふる。

「ぼくは、嫌じゃありませんでした」

「無理をするな。気を遣わなくていいんだ」

「無理じゃないです。ほんとうです」

「…………」

大地が真意を測るように目を眇《すが》める。ややあって、彼はゆっくりと息を吐いた。

「俺が雇い主だから、そう思うのか」

「……え？」

「俺が一家の主《あるじ》だから、おまえは遠慮してるのか」

「違います。ぼくはっ……」

言い募ろうとするのを片手を挙げて制される。

「俺の中を見てよくわかったろう。慕ってくれるのはうれしいが、おまえのそれは、俺の感情とは似て非なるものだ。それでも受け入れようとすればおまえの中で矛盾が生じる。俺はおまえを壊したくない」

彼はなにを言ってるんだろう。言葉は理解できるのに意味がまるでわからない。

それでも、これだけはわかった――大地さんは、自分との間に一線を引こうとしているのだと。

「い、嫌です」

「翠」

「離れていかないでください。お願いです」

夢中で大地の腕に縋りつく。すぐに触れたところがあたたかくなり、彼の心とつながるのがわかった。

けれどどうしたことだろう。そこはおだやかでもなければ、あかるくもなかった。かつて見た彼の世界とはまるで違う。冷たい風が吹き荒《すさ》ぶだけの心の中には光もなく、望みもなく、ただがらんどうの世界が広がっていた。

――これ……。

なんて寂しい光景だろう。さっきまで一緒にはしゃいでいたのに、心の中はこんなにも孤独で、こんなにも冷えきっている。

――まるで、山にいた頃の自分みたいだ。

膝《ひざ》を抱えて小さくなることでしか傷を癒《い》やせなかった自分に似ている。望むこともせず、手にあるものすら失う覚悟をしていたあの頃の自分のようだ。

――もう、ぼくのことは好きじゃないのかもしれない…………。

そう思った途端、胸の奥がざわっとなる。嫌な予感は当たってしまった。嫌われたと感じたのは思い過ごしなんかじゃなかったのだ。

――どうしよう……どうしたら……。

心の中を覗いてもなお、どうにもならないことがあると思い知らされる。これまでたくさんのあやかしを占ってきたけれど、こんな寂しい景色は見たことがなかった。

大地の気持ちに応えたい。彼の言う『感情』というものを沿わせてみたい。

それなのに、こんな時どうしたらいいのかわからない。どうすれば彼をつなぎ留めることができるだろう。どうやったらわかってもらえるだろう。

焦る脳裏に、大地にくちづけられた時のことが過ぎる。翠は迷わず腕を離し、思いきり伸び上がって大地の唇に自分のそれを押し当てた。

技巧もなにもない、ただ口と口を合わせるだけの接吻《せっぷん》。それなのにどうしてこんなに胸がドキドキするんだろう。大地は人間で、男性で、種族も性別もお互いの障害にしかならないのにそれでも一緒にいたいと思う。こんな相手は今までなかった。これからもないと断言できる。

それなのに。

「……翠」

グイと身体《からだ》を押し返される。

至近距離で見上げた大地はひどく困惑した顔をしていた。

「どうしてこんなことをする。意味がわかってやっているのか」

「え……」

大地から向けられる視線が痛い。

「ぼ、ぼくは……」

翠自身、とっさにやってしまったことだった。だからなぜかと問われてもうまく言葉にすることができない。自分は無理なんかしていない、だから離れていかないで——そう伝えるための手段が他に思いつかなかったのだ。

頭上から小さなため息が降る。

「俺の真似をしてみたんだろう。それで仲直りしたかったのか?」

「いえ、あの…、……はい」

ほんとうはちょっと違う。それでも仲直りしたかったのは本心だ。

頷《うなず》く翠に、大地は「そうか」と呟いた。

「おまえの気持ちはわかった」

「それじゃ」

「これからはいい友人になれるよう、お互いに努力しよう」

息が、止まった。

――友人……？

友達のことだ。ドクターさんや狐さん、鵺さんたちのようにお互いを思いやり、困った時には手を差し伸べ、助け合うことのできる仲間のことだ。

けれど『好き』とは決定的に違うことがひとつだけある。

彼のたったひとりにはなれない、ということだ。

「大地さんは……ぼくのことを、もう友達としか思っていないんですか」

目の前が真っ暗になり、気づいた時には声に出ていた。

無言でじっと見上げるものの、大地は答えない。答えないことが彼の答えだとでも言うように。

――そん、な………。

あんなに強かった気持ちは、こうもたやすく消えてしまうのか。

悄然《しょうぜん》と大地が見つめる方を向く。そこでは最後の花火が儚《はかな》く散っていくところだった。さっきまで華やかに夏の夜空を彩っていた夢が今はもうない。あっけなく闇《やみ》に呑みこまれ、その名残すら追わせてはくれない。

すべては、散ってしまった。

「……っ」

ぎゅっと唇を嚙《か》み締める。

俯《うつむ》く翠の視界に、真新しい下駄の鼻緒が映りこんだ。楽しんでくるのよと背中を押してもらったのに、最後はこんなことになってしまった。申し訳ない思いに背中を丸め、胸の前で膝を抱える。

どれくらい、そうやって暗闇を見つめていただろう。

「あ……」

不意に腕が伸びてきて、大地の逞《たくま》しい胸に引き寄せられた。

なにが起こったのか理解できないまま翠は身をこわばらせる。頭の中は疑問だらけで、ただ忙《せわ》しなく目を泳がせるしかできなかった。

――大地さん、どうして……。

そればかりが頭の中をぐるぐると回る。ただの友達と言ったのにどうして抱き締めたりするんだろう。それとも、ほんのわずかでもまだ想いが残っているんだろうか。

相手がなにを考えているのかわからないまま揺さぶられることがこんなに怖いだなんて知らなかった。心細くて焦りばかり募る。胸の奥がざわざわとなっていても立ってもいられなくなる。

「すまない」

まるで絞り出すような声。

「翠……」

なにかをこらえるように押し殺した声で名を呼ばれた瞬間、どうしてだろう、今自分が感じている不安を彼もまた抱えているんだと気がついた。

――大地さんも同じなんだ……。

自分よりずっと大人で、人生経験も豊富なはずなのに。そんな人が声をふるわせながら名前を呼んでくれるなんて。

背中に感じる身体が熱い。突き放すような言葉とは裏腹に、腕の力は強くなるばかりだ。せめて今だけはそれを信じていたくて翠はそっと目を閉じた。

回された腕に頬をすり寄せると大地が一瞬身をこわばらせる。それでもなおじっと息を詰めていると、やがて大きな手が確かめるようにそろそろと髪を梳《す》いてくれた。

やさしい人なんだ。どこまでもやさしい。だから期待してしまいたくなる。

――まだ、ほんの少しでも好きでいてくれたら……。

我儘《わがまま》だとわかっていても願わずにはいられない。彼の言う『感情』が違うのならば、自分が追いつくまで待っていてもらえるくらいに。

翠は淡い期待に胸を焦がす。

同時に、これまで知らなかった気持ちが己の中に湧《わ》き起こるのを感じていた。

＊

夏祭りの夜以来、寝ても覚めても大地のことしか考えられなくなった。

ほんのちょっとしたことでも微笑み合えればほっとする反面、人知れずため息をついているのを見ると自分のせいじゃないかと不安になる。仕事中に名を呼ばれてはドキッとし、さりげなく目を逸《そ》らされては悲しくなった。

誰かのことでこんなに頭がいっぱいになったのははじめてで、息をするだけで胸が苦しい。大地を思うだけで心臓のあたりがぎゅうっとなって鼓動が逸《はや》るのがわかるのだ。もしや病気になってしまったのではとドクターに相談してみたものの、「心配いりませんよ」

と微笑まれるだけだった。

おかげで最近では、恋愛絡みの占いで感情移入してしまって大変だ。

相談相手から伝わってくる思いと自分のそれはわけて考えなければいけないとわかっていても、相手が抱えている辛さに共感するあまり、最後は洟《はな》を啜《すす》りながら助言することもままあった。

「翠ちゃん、お疲れさま。また泣いちゃってこの子はもう」

占いを終えた翠を狐がおいでおいでと手招きしてくれる。テーブルにはいつもの面々が揃《そろ》っていて、皆で翠を迎えてくれた。

「目が真っ赤になってるじゃないの」

「すみません……。でも、すごく、一生懸命な方で……だからぼくも……」

「気持ちが入っちゃったのね。ほら、冷たいおしぼりで冷やしなさいな」

狐は勝手知ったるなんとやらでカウンターの向こうからおしぼりを持ってきてくれる。

ありがたく使わせてもらうと、熱っぽかった目がひんやりしてとても気持ちよかった。

ふう……と息を吐く翠の背中を狐がやさしくさすってくれる。大地の大きな手とは違う、けれど同じくらい安心させてくれる手のひらだった。

「こんなに一途《いちず》な子だったんだなぁ」

「だってはじめての恋だもの。加減なんてわからないわ」

「この間、僕に『病気でしょうか』って相談してくれましてね」

「やだもう。かわいいんだから」

常連たちが話す横でゆっくり深呼吸をくり返す。そうしているうちに少しずつ昂《たか》ぶった気持ちも落ち着いてきた。

「それにしても、こんな初心《うぶ》な子に想われてうれしくない男はいないだろうな」

「ちょっとセンセイ、わかってるでしょうね」

「さすがに横槍《よこやり》なんて入れないよ。そんなことしたら二度と店の敷居を跨《また》げなくなる」

「その前に俺が許しません」

不意に、大地の声がする。

「食後にアイスクリームでも。サービスで」

思わずおしぼりから顔を上げると、大地がガラスの器に盛ったバニラアイスを常連客の前に置くところだった。

給仕は自分の仕事だ。翠がわたわたと立ち上がろうとすると、なぜか自分の前にも器が置かれた。

「え……？」

「甘いものでも食べて落ち着け」

大地はそう言うなりくるりと踵を返して行ってしまう。

ぽかんとしていると、テーブルの客たちが皆一斉に噴き出した。

「マスターに釘《くぎ》を刺されるとは」

「そうよねぇ。取られたくないもんねぇ」

「案外わかりやすいところもあるんですね」

「あ、あの……」

おそるおそる口を挟もうとしてもなぜか三人は頷くばかりだ。

「早く食べないと溶けちゃうわよ」

「はい」

狐に急《せ》かされるまま、翠は慌ててスプーンを手に取った。

アイスクリームは翠の好物のひとつで、中でもバニラ味が一番好きだ。うれしくなってひとりでに含み笑いが洩れる。

視線を感じて顔を上げると、こちらを見ていたらしい大地と目が合った。

「うまいか」

「はい。……あの、ありがとうございます」

大地はわかっているというようにひとつ頷く。

大好きなバニラアイスもそうだけれど、それ以上に泣いた自分をさりげなく気遣ってくれたことがうれしかった。そんな気持ちをこめての「ありがとうございます」だったから思いが伝わってすごくうれしい。ほっとしたら急に照れくさくなってきて、無意識のうちに睫《まつげ》を伏せた。

「翠くんはマスターが大好きなんだなぁ」

しみじみと鵺に言われ、とっさに大地の顔色を窺《うかが》う。好きだなんて言われて彼を困らせてしまわないかが気になった。

「大丈夫だよ、そんなに心配しなくても。こっちが当てられるくらい問題ない」

「え？」

どういう意味だろう。

訊き返そうとしたその時、まるで遮るように大地に呼ばれた。

「翠」

「は、はい」

お客さんと話している時はめったに声をかけない人なのに。

翠は慌てて「すみません」と一礼し、カウンターに身を翻す。

それを見た常連たちはまた一斉に笑ったのだけれど、やはり翠には意味がわからないままなのだった。

ある日の夜、いつものように開店準備をしている時だった。

唐突にドアベルがカランコロンと音を立てる。

「あ、すみません。お店はまだ……」

扉の方を向きかけて、翠は思わず動きを止めた。立っていたのは篝だった。

「篝さん……どうして、ここへ……」

「あぁ？　どうもこうもあるかよ。勝手にいなくなりやがって」

篝はズカズカと店に押し入ってくるなり、苛立《いらだ》ちを隠しもせずに捲《まく》し立てる。

「俺から逃げられると思ったら大間違いだ」

そう言ってこちらを睨《にら》みながら篝はフンと鼻を鳴らした。まさか匂いを辿ってきたというのだろうか。山から遠く離れた、こんなところまで……。

見慣れた暗灰色の着物は大きく開け、ところどころ擦り切れている。その足元を見ると泥でずいぶんと汚れていた。

「もしかして、山を下りてから歩き通しだったんですか」

「誰のせいだと思ってんだ。余計な手間かけさせやがって、わかってんだろうな」

「え……？」

「ボロボロになるまで扱《こ》き使ってやるから覚悟しろ。従順にしてりゃ話し相手ぐらいにはなってやる」

篝が小馬鹿にしたように鼻で嗤《わら》う。この店でやさしい人たちに囲まれて過ごしていたせいか、山にいた頃のような尊大な態度がやけに目についた。

――こんな人を、ぼくは慕っていたんだっけ……？

悪い夢でも見ていた気分だ。たったひとりの友達とさえ思っていたのに。

もやもやとしたものを抱えて押し黙る翠に、篝がチッと舌打ちした。

「おい、なんとか言えよ。口も利けなくなったのか」

「ぼ、ぼくは……」

「おまえは俺に詫びがあんだろ。俺の駒《こま》になるって言ったのを忘れたとは言わせねぇぞ。俺が捨てるまで俺に尽くすのが礼儀ってもんだ。なぁ？」

篝はそう言って、蛇のような灰色の目をじわじわと眇めてみせる。翠の苦手な表情だ。山にいた頃の自分だったら気分を害してしまったことに焦り、ただただ「すみません」と謝っていたかもしれない。

でも、今は。

「ぼくは篝さんのお友達になりたいと思っていたんです。だからあなたのよろこぶことがしたかった。……でも、それは間違っていたってわかったんです」

「あぁ？」

その声が一層低くなる。一歩、また一歩と距離を詰められても逃げることなく、翠は懸命に足を踏ん張った。

「友達というのはお互いが対等だから成り立つんだと、ここに来てはじめて知りました。篝さんはぼくを利用したいだけでしょう。だから友達なんかじゃありません」

自分で口にしながらも、『利用』という言葉に自分で傷つく。

それでも、過去を受け止めることが次に進むために必要なことだと思うから。

毅然《きぜん》と言い放つ翠に気圧《けお》されたのか、しばらく目を瞠《みは》っていた篝だったが、その表情は次第に下卑た嗤いに変わっていった。

「どこのどいつだ、おまえにそんな入れ知恵をしたやつは。面倒なことしてくれたもんだよなぁ、おい」

ゆらりと篝の身体が傾ぐ。

次の瞬間、ガン！　という大きな音とともにテーブルの脚が蹴《け》られた。その衝撃で椅子《いす》が倒れ、床に当たって甲高い音を立てる。

「なにするんです！」

「うるせぇ！　駒は黙ってろ」

慌てて椅子を起こそうと膝をついた翠は、思いきり背中を踏みつけられてそのまま床に倒れ伏した。

「俺は今最高に機嫌が悪いんだ。口答えするとただじゃおかねぇ」

「や、めて……ください……っ」

「おまえは黙って俺の言うとおりにしてりゃいいんだよ。さっさと山に戻って俺のためにご奉仕でもなんでもしろ。……あぁ、おまえにゃあっちは無理だったか」

嘲笑《ちょうしょう》とともに背中を踏み躙《にじ》られ、悔しさに奥歯を噛み締める。撥《は》ねつけてやりたくとも不自然な体勢で床に伏したままでは力も入らず、どうすることもできなかった。

「ぼくは……、戻りません」

それでも、せめてもの抵抗とばかりに意志を示す。

「痛、っ……た……」

そのせいで再び背中を踏まれようと、汚れた足で蹴りつけられようと、翠の意志は変わらなかった。

今なら大地の言ったことがよくわかる。そして、自分がどれだけ間違っていたのかも。こんなふうに暴力をふるう相手を友達だと浮かれていたなんて。

「これで少しはわかったか。山に戻るよな、翠？」

「も……、戻り、ませ……、っ……！」

答えた途端容赦なく脇腹《わきばら》を蹴り上げられ、テーブルの脚に背中を強打して息が止まる。

一斉に倒れた椅子がガタン！　と大きな音を立てた。

――大地さん、ごめんなさい……。

惨状を前に心の中で大地に詫びる。この店のすべては彼が先代から継いだ大切なものだ。どこも傷になっていませんようにと祈ることしかできなかった。

「……。……？」

篝がなにか言っている。

けれど、それももうわからない。

ただただ息が苦しかった。背中も腰もそれから肩も、どこもかしこもひどく痛む。山で崖《がけ》から足を滑らせた時だってこんなに痛い思いはしたことがなかった。

──大地さん……大地さん………。

心の中の灯火《ともしび》に縋る思いでその名を呼ぶ。

意識がふっと途切れかかった、その時だった。

「翠！」

荒々しい足音とともに、二階で子供たちの世話をしていたはずの大地が駆けこんでくる。

「なにしてる！　翠から離れろ！」

大地は一直線に向かってくるなり、翠にのしかかっている篝の顔面を殴りつけた。

「ぐっ」

不意打ちを食らった篝が勢いよく後ろに倒れる。その弾みでテーブルが大きな音を立て、倒れた一輪挿しからも勢いよく水がこぼれた。

「てめぇ……よくもやってくれたな」

篝は口の中を切ったのか、唇に血を滲《にじ》ませながら立ち上がる。苛つきもピークに達したためか、足元をふらつかせたまま大地に向かって殴りかかった。

けれど大地は怯《ひる》まない。篝のこぶしを難なく受け流し、それどころか腕を掴むや相手を背負い上げ、そのまま一直線に投げつけた。ほんの一瞬の出来事だった。

なにが起こったのかわからずに翠は茫然《ぼうぜん》とするばかりだ。

それは篝も同じだったのだろう。受け身も取らずに背負い投げられた彼は、しばらく身動きもできないまま激しく咳《せ》きこんだ。

口の中を切り、全身を打ち、満身創痍《まんしんそうい》でさぞかし辛いことだろう。それにも拘《かか》わらず、どこにそんな執着心が残っているのか、不意を突いて翠に手を伸ばそうとしてくる。

翠がとっさに後退《あとずさ》ると、それを守るように大地が目の前に立ちはだかった。

「これ以上、翠になにかするなら容赦はしない。俺は本気だ」

「……っ」

大地の全身から立ち上る怒りの気が目に見えるようだ。これにはさすがの篝も怯んだらしく、言葉を呑むのが翠のいるところからも見えた。

「ハッ……なるほどな。てめぇかよ、こいつに余計なこと吹きこみやがったのは」

篝は膝をついたまま肩で大きく息をする。

「こいつは……、俺んだ。返してもらおうか」

「翠はおまえのものじゃない。おまえに渡す筋合いはない」

「てめぇのもんでもねぇだろうが、あぁ？」

篝は声を荒らげてみせるものの、それでも翠に向けていた声量の半分もなかった。よほど打ち身が効いているんだろう。時折胸のあたりを押さえては呻《うめ》いている。

対する大地は、いまだ怒気を収めもせずに冷ややかに篝を見下ろした。

「山にいた頃は翠がずいぶん世話になったそうだな。……いや、世話をしてやっていたと言った方がいいかもしれんが。翠の代わりに礼を言う。もう二度と面《つら》を見せるな」

「ふざけんなっ」

「それはこっちの台詞《せりふ》だ！」

大地が大声で一喝する。

「翠を大切にできないやつなんかに渡してやれると思うのか」

「るせぇな。こんな人の頭ん中を覗くしか能のねぇガキ」

「翠を侮辱するな。俺の大切な相手だ」

「……！」

心臓が爆《は》ぜるかと思った。

――今、なんて……？

信じられない思いで大地の大きな背中を見上げる。ほんとうは今すぐにでも縋りついてその意味を確かめたかったけれど、篝から受けた暴行のせいで身体のどこにも力が入らず、ただ見つめることしかできなかった。

「だい、ち…さん……」

切れ切れの小さな声は、それでも彼に届いたのだろう。大地がゆっくりとふり返る。

「ほんとう、に……？」

「あぁ。ほんとうだ」

大地は翠の目の高さまで身を屈《かが》めると、迷いのない顔で頷いてくれた。

「もしおまえが許してくれるなら、これからもずっとおまえを大切にしていきたい」

「そ、れ……、とも…、だち……？」

懸命に声を絞り出す。

だって、これからはいい友人になれるようお互い努力しようと言われた。自分のことはもう好きではないと彼の心が示したはずだ。それなのに。

——それは友達として、ですか……？

想いをこめて見上げると、大地は苦しげに眉を寄せ、やがて静かに首を横にふった。

「大地さん……」

信じられない思いで目を見開く。否定したということは、自分のことをまだほんの少しでも特別な存在だと思ってくれているんだろうか。

もっと確かめたい。

もっと教えてほしい。

じっと見つめ合うふたりに焦《じ》れたのか、ようやく身体を起こした篝が腹癒《はらい》せとばかりに近くにあった椅子を蹴る。なおも嫌がらせをするつもりかと身構えたが、大地に睨まれた途端恐れをなしたように篝は舌打ちとともに踵を返した。

「バカバカしい。やってられっかよ」

そう言って、来た時と同じように足音も荒く店を出ていく。

二度と来るなとばかりに大地が音を立ててドアに鍵《かぎ》をかけた。

「翠」

再び駆け寄ってきた大地に顔を覗きこまれる。どうしてだろう、彼は自分の方が痛くてたまらない表情をしていた。

「すまなかった。おまえに怖い思いをさせた。俺がもっと早く気づいていれば……」

どうしてそんなふうに言うんだろう。来てくれてうれしかったのに。

小さく首をふってみせると大地はますます顔を歪《ゆが》める。眉間を寄せ、奥歯を噛み締め、それでもこみ上げるものを抑えきれないとばかりに手を伸ばされて、翠はためらいもなく身を預けた。

「翠……翠……」

何度も何度も名を呼びながら強く抱き締めてくれるのがうれしくて、自分からも大地の胸に頰をすり寄せる。

「来て、くださって……ありがとうございました」

すごくすごく、うれしかった。

消え入りそうな声で呟くと抱き締める腕に力がこもる。ほんとうは翠からも抱き返してみたかったけれど、手のひらが触れてしまうから我慢した。

それでも、こんなにしあわせなことなんて他にない。大地の匂いに包まれているうちに少しずつ気持ちが落ち着いていくのがわかった。

「……嫌われてしまったと、思っていました」

ぽつりと呟く。

大地は弾《はじ》かれたように顔を覗きこみ、それからもう一度頭を下げた。

「悪かった」

「大地さんは謝らないでください。ぼくが悪いんです」

「いや、俺のせいだ。俺の覚悟が足らなかったせいでおまえをふり回してばかりいたな。気持ちを押しつけるような真似をしたり、いい友人になろうと言ってみたり……そのくせ、独り占めしようとしたりして」

常連にさえ嫉妬《しっと》したと大地が自嘲《じちょう》する。アイスクリームの件は牽制《けんせい》だったのだと聞いて目が丸くなってしまった。

「鴇さんはそういうおつもりじゃ……」

「わかっている。冷静になればわかるんだ。それでも、おまえのこととなるとすぐに頭に血が上る」

――これが、あの大地さん……？

まるでいつもの彼らしくない。きょとんとしていると、大地は居心地悪そうに、けれどどこかうれしそうにはにかみ笑った。

「おまえが俺のことで一喜一憂するのを見るたびにたまらない気持ちになってた。大人げない大人だろう」

「大地さんが、ぼくのことで……？」

「おまえはもう少し自覚した方がいい。おまえが思うより、俺はおまえが好きだ」

「……！」

さらりと言われて息が止まった。

――今、好きって………。

「はは。目がまん丸だ。かわいいな、翠」

「大地さん……」

相好を崩す大地を見上げているうちに、なぜだろう、鼻の奥がツンと痛くなってくる。脇に垂らしていた右手を取られ、大きな手に包みこまれた。

その途端、堰《せき》を切ったように大地の想いが流れこんでくる。熱く甘やかで、触れているだけで身も心もとろとろと溶けてしまいそうだ。空洞だったことが嘘《うそ》のように大地の心の中はやさしいもので満たされていた。

――大地さん、ほんとうなんだ……。

その気持ちがまっすぐ自分に向けられているのだと痛いほどわかる。

ぼくもです――口を開きかけたその時、ドタバタとにぎやかな足音とともに子供たちが転がりこんできた。

「大地、なにしてるの？」

「翠、なにしてるの？」

ふたりは興味津々だ。それを見るなり、大地が「寝かしつけの途中だった……」と悔しそうに言うのがおかしくて思わず笑ってしまった。

「……痛た、た……」

ほっとしたからだろうか、身体中の痛みがぶり返してくる。

「すまん。おまえを手当てするのが先だったな」

駆け寄ってきた子供たちはそれを聞くや、揃って大地をキッと見上げた。

「大地、翠のことといじめたの！」

「なんで翠のことといじめたの！」

「違う違う。こら、殴るな。翠を悪者から守っただけだ」

掻《か》い摘《つ》まんで説明を受けた子供たちは、今度はドアに向かって「べーっ」と舌を出す。それから大真面目《おおまじめ》に顔を覗きこんできて、「もうだいじょうぶだからね」「痛いの痛いの、とんでけー」と口々に言ってくれるのがうれしくて、翠は何度も頷いた。

「さて、と。ふたりとも、翠を二階に運ぶから手伝ってくれ」

「え？」

大地の言葉に耳を疑う。いくらなんでも子供たちにそんなことは……と思った傍から、なぜか身体がふわりと浮いた。

「え？　え？」

「へへー」

見れば、ふたりがこちらに向けて小さな手を翳《かざ》している。妖力《ようりょく》を使っているんだろう。

そういえば、最初にここに来た時もいちごが運んでくれたと言っていたっけ。

――――でも、重たくないのかな……。

「心配するな。俺も支えてる」

思っていることが顔に出たのか、大地にそっと耳打ちされる。

「すみません。ありがとうございます」

「あぁ、それから」

声が幾分控えめになったかと思うと、耳のすぐ傍に唇が寄せられた。

「俺の本心は伝えたとおりだ。だが、無理強いはしたくない。おまえの気持ちを待つ」

「大地さん……」

彼の人柄そのもののような真摯《しんし》な言葉。その奥にどれほどの自制と情熱が鬩《せめ》ぎ合っているか、気づかないほど鈍感ではない。

それだけ真剣に想ってくれているということだ。

だからこそ、自分も真剣に向き合わなければ。

トクントクンと早鐘を打ちはじめた鼓動を感じながら、翠はひとつ頷いた。


怪我《けが》が治るまでの間、給仕も占いも休むことになった翠は、今日も天井を見上げながら小さなため息をついた。

怪我といっても打ち身ぐらいで、数日間は痛んだものの、今はもうすっかり元気だ。

それでも大地は「ゆっくりしておけ」と言って二階から出してくれない。お見舞いに来てくれた狐からも「よっぽど翠ちゃんが大事なのねぇ」と笑われる始末だ。

「大地さんたら過保護だなぁ」

これも狐に教わった言葉だ。マスターには内緒ねと唇に人差し指を当てて「しーっ」とやっていた彼女の顔を思い出し、ついつい笑みがこぼれた。

そんなわけで、最近は日がな一日二階にいる。

日中は食事の準備を手伝ったり、掃除をしたりとあれこれやることはあるのだけれど、夕方以降大地は店に行ってしまうし、子供たちも翠に代わって給仕の手伝いをしてくれているので自分はまったくやることがない。なにか手仕事でもあればと申し出てみたものの、養生しろの一言だった。

「アイロンでもかけておければいいんだけど……」

洗濯したてのエプロンを見ながらひとりごちる。

皺を伸ばしておくだけでもささやかな手伝いになるだろうけれど、大地がいないところで火や電熱を使ってはいけないという約束だ。それに翠自身、火事の原因になると聞いたら触るのはやっぱり怖い。

「早くお店に戻りたいなぁ」

ただ寝ているのも退屈で、よいしょっと身体を起こす。

そのまま布団の上でぼんやりしていると、トントンと足音がして誰かが二階に上がってくる気配がした。子供たちより重たい音だから、おそらくこの家の主だろう。

そうこうしているうちに寝室の襖《ふすま》が開き、大地が顔を覗かせた。

「起きていたのか。気分はどうだ」

「はい。もうすっかり元気です」

「それを聞くのは二十回目だな。だがもう少しゆっくりしておけ」

大地が苦笑いしながら部屋に入ってくる。こうして顔を見られるのはうれしいけれど、営業中だというのにどうしたんだろう。

「大地さん、お店はいいんですか?」

不思議に思って訊ねると、彼はこれ見よがしに肩を竦《すく》めた。

「客たちから先代の写真を見たいとねだられてな。……あぁ、あった。これだ」

しばらく箪笥《たんす》をごそごそやっていた大地が一冊の本のようなものを取り出す。中には、翠がはじめて見る『写真』というものが収めてあった。

たくさんの人物がこちらを見ている。そのうちのひとり、彼の叔父《おじ》だという人はどこか大地に面差しが似ていた。

切れ上がった眉に力強い眼差《まなざ》し。引き結ばれた薄い唇、無駄を削《そ》ぎ落とした頬のライン。

全体が醸す雰囲気は少し違うけれど、それでも血がつながっているんだと思わされる。

なにより力の宿ったその目からはまっすぐな心根のようなものが伝わってきた。

「いいですね。こうして写真に残せておけて」

ページを捲《めく》りながらしみじみと呟く。あやかしである自分にはルーツもなければ、過去をふり返る手立てもない。

なにげなく口にしただけだったのに、なぜか頭を抱えるようにして抱き締められた。

「これからはおまえも残せる。俺たちと一緒にたくさん撮ろう」

「あ、あの、気を遣わせてしまってすみません。そういう意味じゃなくて……」

「俺が、おまえと一緒にいられた証《あかし》に残しておきたいんだ。それならいいだろう？」

「大地さん」

やさしい言葉がじんわりと染みこんでくる。

最近は、大地に直接触れずとも彼の想いが伝わってくるようになった。まるで心の栄養のように翠の中にある気持ちを少しずつ大きく育てていく。

大地にとってはもどかしいことかもしれない。それなのに、どうしてこんなによくしてくれるんだろう。

——お返事もできていないのに……。

ほんの少しの引っかかりに翠は腕の中で目を伏せた。

待つと言ってもらってから、まだ明確な返事ができていない。何度か話をしようとしたこともあったのだけれど、「今は身体を治すことだけを考えろ」と布団に押しこまれて終わってしまった。

もっとも、彼が自分に対して抱く想いや求めることと、自分が育てつつあるものが完全に同じなのかと問われたら答えられる自信はない。誰かを好きになるなんてはじめてで、好きな相手と想いを重ね合わせる以上になにを望むことがあるのか、自分には想像もつかないからだ。大地にはそれがお見通しなんだろう。だから気持ちを待つと言ってくれたに違いない。

――大地さん。

黒いコックコートに頰をすり寄せ、ゆっくりと息を吸いこむ。服に染みついたおいしいものの匂いと彼自身の匂いが鼻孔をくすぐり、静かに胸を高鳴らせた。

不思議だ。彼の傍にいると安心するばかりだったのに、この頃は妙にドキドキしたり、かと思うとわけもなく泣きたくなったり、とても落ち着かない気分になる。そのたび胸がぎゅうぎゅうと痛んで苦しいのに、それでも病気じゃないという。

もしかして、彼も同じなんだろうか。

――ぼくのことを想うだけで、大地さんもこんなふうに……？

そうっと身体を離して大地を見上げる。

「どうした」

鳶色の瞳がやさしく見下ろしてくれるのがうれしくて、結局「なんでもありません」と首をふりながら逞しい胸に顔を埋《うず》めた。

まだ言葉にはできないけれど、想いが追いついているかもわからないけれど、それでもなんとなく気持ちは通じているような気がする。彼ならわかってくれていると思う。

――いつか、ちゃんと追いつきたい。

思いをこめてもう一度大きく息を吸いこむ。

そんな翠の背中を、大きな手がぽんぽんと叩《たた》いて離れるよう促した。そろそろ行くぞという合図だ。

名残を惜しみつつ顔を上げたその時、家の電話がリーンと鳴った。

「おっと」

大地が駆け寄っていって受話器を取る。どうやら仲のいい友人からの電話だったようで、相手の声を聞くなり彼は相好を崩した。

楽しそうに話しているのを見ているとこちらまでうれしくなってくる。相手はどんな人なんだろう。どんなことを話しているんだろう。店に来る客たちとの関係ともまた違う、はじめて見る大地の新たな世界に興味が湧いた。

――こういうところ、大地さんに似てきたかな?

自分以外の誰かと親しくしているのが気になる。とはいえ、鴯にさえヤキモチを焼いた大地には敵《かな》わないけれど。

その時のことを思い出し、ゆるむ頬を押さえながら大地が話す様子をぼんやり眺めた。

ほどなくして通話が終わったと思ったら、今度は大地の方からどこかへかけるようだ。手早くボタンを押して少し待っていると相手が出たようで、また通話がはじまった。

それにしても電話というのはすごいものだ。声だけが届くなんてとはじめて知った時はそれは驚いたものだった。同じ家に住んでいるからまだ試したことはないけれど、いつか大地とも電話で話をしてみたい。

「どうした。楽しそうな顔をして」

話し終えたらしく、受話器を置きながら大地がこちらをふり返る。

「いいえ、なんでも。内緒です」

そう言うと、大地は一瞬驚いたように目を瞠り、それからぷっと噴き出した。

「おまえが内緒なんて言うとはな」

「嫌ですか？」

「いいや。悪戯のようで楽しいもんだ」

頭を撫でる大きな手にうっとりと目を細める。

アルバムを携え、階下へ向かう大地に「行ってらっしゃい」と声をかけると、彼もまたにっこり笑ってそれに応えた。

「それじゃ、留守を頼む。ふたりをよろしくな」

「はい。お気をつけて」

「大地、いってらっしゃい」

「らっしゃい」

子供たちの元気な声が追いかける。

見送る三人に手をふると、大地は踵を返して出かけていった。

今夜は自治会の集まりがあるため、店は臨時休業だ。

自治会の後は恒例の宴会があるそうで、いつもは子供たちがいるからと参加せずにいた大地に、「ぼくが面倒を見ています。たまには行ってきたらどうですか」と背中を押した。はじめは心配そうにしていた大地だったが、ふたりの「いいこにしてるから」の一押しで心を決めたようだ。

遅くならないうちに帰ってくると言っていたけれど、お酒が入れば少しは羽目を外したくなるだろう。ただでさえ毎日仕事で忙しくしているのだし、たまには日頃のことを忘れて楽しんでもらいたい。

「いちごさん、さんごさん。今夜は三人でいっぱい遊びましょうね」

ふたりの肩に手を置くと、子供たちは目を輝かせてうんうんと頷く。珍しく昂奮しているのか、さんごなど頬をうっすら染めるほどだ。

「おれね、おれね、お風呂《ふろ》で水でっぽうする」

「ぼく、翠といっしょにおりがみしたい」

「あと、かいじゅうごっこも」

「ねるときお話ししてくれる？」

我先にと言い募るのがかわいくて、ついついぷっと噴き出してしまった。

「たくさんありますね。全部やりましょう」

「わー！」

きゃっきゃとはしゃぐ子供たちを、「まずはご飯ですよ」と居間へ連れていく。

夕飯は大地が作っておいてくれたので、それをあたためて並べるだけだ。賄いで洋食を食べることが多いため家庭料理は和食中心なのだが、大地が作ってくれるものはなんでもおいしい。勢いよくごはんをかきこむいちごに苦笑させられながら鰤《ぶり》の照り焼きやひじきの煮物、それにごはんやお味噌汁《みそしる》も一緒になってぺろりと平らげた。

「ごちそうさまでした」

「まんぷくまんぷくー」

「あれ？　さんごさん、あまり進みませんでしたね」

「んー」

見れば、いちごほどはいかないまでも、いつもそれなりに食欲旺盛《おうせい》なさんごが七割ほどのところで箸《はし》が止まっている。

「ごはん、もういい。翠、あそぼう?」

どうやらはじめてのお留守番に気も漫ろになっているようだ。だいたいは食べてくれたようだし、無理に勧めなくても大丈夫だろう。

「それじゃ、ぼくは片づけをするのでちょっと待っていてくださいね。終わったら三人でお風呂に入りましょう」

後片づけなら慣れたものだ。家でも手伝っているし、店でも毎日やっている。

手早く食器を洗い終え、残りものにラップをして冷蔵庫に入れた翠は、ふたりを伴って風呂場へと向かった。

「いっちばんのりー」

脱衣所に入るなり、いちごはぱぱっと服を脱ぎ捨ててそのまま風呂場に突入していく。

「いちごさん、気をつけて。転ばないでくださいね。待ってて、お湯を出します」

「翠、これとどかない」

「翠、はやくー」

風呂に入るだけでもこの騒ぎだ。それでも蛇口を捻《ひね》ってお湯を出してやると、いちごは慣れた手つきで自分で身体を洗いはじめた。

ほっとしながら今度はさんごの着物を脱がせてやる。その時ふと、触れた首のあたりがなんだか熱いことに気がついた。

「さんごさん、いつもより体温が高い気がします。苦しくないですか？」

「んー。だいじょうぶ」

「お風呂やめておきましょうか？　身体を拭《ふ》いてあげますから」

「やだ。翠といっしょに入る」

うさぎのように真っ赤な目がじっとこちらを見上げてくる。いつもはおっとりした子が珍しく主張するので、それならと気をつけて見ていることにして翠も手早く服を脱いだ。

ふたりの髪を洗ってやったり、お湯に入れたりしながら、わずかな隙間を狙《ねら》って自分のことを済ませる。いつもは大地が子供たちを洗う係、翠が身体を拭く係なので、洗う方がこんなに大変だとは知らなかった。

それでも、きゃっきゃとはしゃぐのを見ているのはなんとも楽しい。いちごが得意げに水鉄砲でお湯を飛ばしてくるので、こちらまでわーわー言いながらの入浴となった。

最後に、三人で肩を寄せ合ってお湯に浸《つ》かる。いーち、にー、と数を数えながらあたたまっていると、さんごがこちらに向かって小さな手を差し出してきた。

「翠……」

「さんごさん？」

見れば、顔はますます熱い。額に手をやるとあきらかに熱があった。

「やっぱりお熱がありますね。早めに上がりましょう。いちごさん、湯冷めしないようにお湯に入って待っていてください」

「おれも出るー」

「お願い、ちょっとだけ。ひとりずつですから、ね？」

ぐずるいちごをなんとか宥《なだ》め、急いでさんごを風呂から上げる。着替えさせ、髪を乾かしている間もどんどん熱が上がってくるのがわかった。

水を飲ませて布団に寝かせるものの、ぐったりとして息をするのも苦しそうだ。冷たい手拭《てぬぐ》いを額に当ててやると、ようやくほっとしたように息を吐いた。

「すぐに戻ってきますから、待っていてくださいね」

「翠……」

行かないで、と見上げられるのが辛い。自分に言い聞かせる思いで「大丈夫ですよ」と言い置くなり、急いで風呂場へと取って返した。

言いつけどおり湯船で待っていたいちごも心なしか顔が熱い。額に触れれば案の定だ。急いでこちらも身支度を調え、さんごと並べて布団に寝かせた。

ふうふうと苦しそうなふたりを見下ろしながら、翠は唇を噛み締める。

だから、さんごは食欲がなかったんだ。だから身体が熱かったんだ。もっと気をつけて見てやらなければいけなかったのに、こんなに具合を悪くさせてしまうなんて。

「……す、い……」

さんごが額の手拭いをいやいやとする。ぬるくなってしまったんだろう。急いでそちらを替えてやると、今度はいちごが熱いとむずかる。拭いても拭いても汗は引く気配もなく、替えても替えてもすぐに額の手拭いはぬるくなった。

どんどん症状が悪化するふたりを前に、心臓がドクドクと不穏に高鳴る。

――どうしよう。ぼくのせいだ。ぼくがきちんと見ておかなかったから……。

迫《せ》り上がる不安に必死に抗《あらが》いながら翠は寝室を抜け出した。今頃羽を伸ばしているだろう大地のことを思うと申し訳なかったけれど、子供たちの有事は報《しら》せなくては。

居間にある電話におそるおそる手を伸ばす。

生まれてはじめて受話器を耳に当てた途端、聞こえてきたツーツーという無機質な音にさらに心細さをかき立てられた。

「大地さん……」

ここにいない大地に縋る思いで、壁に貼《は》っておいた彼の番号にかける。プップッ……という短い音に続いて呼び出し音がくり返される間、早く早くと急く気持ちを押し殺しながら両手でぎゅっと受話器を握った。

数コールくり返した後で、不意に音がプツッと途切れる。つながったのかもしれない。

「だ…、大地さんっ」

勇んで呼びかけてみたものの応答はなく、代わりに聞こえてきたのは留守番サービスのアナウンスだった。

「……っ」

ざあっとした焦りのようなものが再び胸の奥から突き上げてくる。胸に手を押し当て、パニックになりそうな自分を必死に諌《いさ》めた。

動揺している場合じゃない。こうなったら自分がしっかりしなくてはいけない。すぐにでもふたりを病院に連れていかなくては。

そうと決まれば今すぐ支度だ。

押し入れからできるだけ大きな鞄《かばん》を探し出し、ふたり分の着替えやタオルを詰めこむ。お金や診察券などを慌ただしく用意しながら、ふと、肝心のことに気がついて翠はぴたりと足を止めた。

「どうしよう……ぼくじゃ、だめだ……」

血の気が引いた。

あやかしのままでは人間の目には映らない。お医者さんにふたりの症状や経過を伝えられなければ診察してもらうこともできない。

どのみち、ひとりならまだしも、ふたり一度に抱えて歩くのは無理だ。こんな時子供たちのように強い妖力があればそれも叶うのに、〈サトリ〉の自分には相手の心を読むことしかできない。

無力感を突きつけられ、愕然《がくぜん》とする。

「どうしよう………」

それでもなんとかしなければ、どうにかしなければと、頭の中が真っ白になりそうな自分を必死に鼓舞し続けた。

誰か、こんな自分でも話ができるお医者さんはいないだろうか。あやかしを看《み》てくれるお医者さんは……。

「そうだ」

ドクターのやさしい笑顔が脳裏を過ぎる。彼なら正真正銘、あやかしのお医者さんだ。子供たちにとっては頼りになるかかりつけ先でもある。

翠は再びふるえる手で受話器を握る。

ほどなくして呼び出し音がプツッと途切れ、向こうから声が聞こえてきた。

『もしもし？』

ドクターさんだ。つながった。

「あ、あのっ…、あの、翠です。ドクターさん、翠です」

『やぁ、翠くんか。どうしたんだい、ずいぶん慌てて』

「さんごさんが……さんごさんがすごい熱なんです。いちごさんも……。ぼくが見てるって約束したのに、ずっと一緒にいたのに気づけなくて……。ご…、ごめ…、なさい。ドクターさん、お願いです。ふたりを助けてください」

知っている声を聞いたからだろうか、ほっとするあまり涙がこみ上げてくる。しゃくり上げるばかりの翠に、ドクターはおだやかな声で『大丈夫ですよ』とくり返した。

『家にいるんですね？　マスターは？』

途切れ途切れに事情を話すと、ドクターはすぐに行くと請け負ってくれる。常連客だけあってその自宅は琥珀亭からほど近く、すぐと言った言葉のとおり十分後には駆けつけてくれた。

「ひとりでよく頑張りましたね。もう大丈夫ですよ」

口髭《くちひげ》をもふもふさせながら翠の頭を撫でてくれる。そんな彼も二階へと駆け上がる途中で擬態を解き、寝室に着く頃にはいつもの姿に戻っていた。

「発熱はいつから？　食欲は？　吐きましたか？」

寝ている子供たちの真ん中に膝をつくなり、ドクターはてきぱきと処置をしながら翠に訊ねる。問われるがまま答えていると、ほどなくして彼は小さく嘆息した。

「痙攣《けいれん》もないし、発疹《はっしん》も出ていない。熱も……あぁ、この程度であれば大丈夫でしょう。さんごくん、お口開けられるかな？　あーんしてごらん」

「あー……」

言われるがままさんごが小さな口を開ける。

ドクターはさんごの咥内《こうない》をライトで照らし、注意深く覗きこんだ。

「いい子だね。よくできました。……おや、少し赤いね。喉はヒリヒリするかな？」

「ない」

「そうか。お目々はどうかな……うん。充血はないね。咳《せき》もないね。最後にお手々を出してごらん。ちょっと触るね」

小さな手をドクターが両手で包みこむ。するとふわりと光が灯り、みるみるうちに周囲を照らすほどのあかるさになった。

「わぁ……」

まるでドクターからさんごへ、光を受け渡しているようだ。

驚いたことに、それまでぐったりしていたさんごの顔色が徐々に戻り、苦しそうな呼吸すらおだやかになった。

「僕の妖力をほんの少しわけました。どうやら力を使いすぎてへたばってしまったようでしたので」

ドクターが苦笑しながらふり返る。

「使いすぎてって……どうして……」

思い当たることがない。唯一思い出すのは篝に怪我をさせられた際、二階まで運んでもらったぐらいだ。

首を捻っていると、ドクターが静かにさんごに話しかけた。

「お家の結界を二重にしたんだね」

どういう意味だろう。

けれどさんごは驚いた様子もなく、こくんと頷く。

「だって……翠がまたけがしたらいやだから」

「やさしい子だ」

ドクターがさんごの銀色の前髪をそっとかき上げてやるのを茫然としたまま見守った。

「この間翠くんが襲われたことがよほど耐えがたかったようだ。この子たちがお店に結界を張っているのはご存知でしょう？　マスターの留守中はその結界を二重にして、きみを傷つけたあやかしが絶対に近寄れないようにしていたようです」

「そんな……」

全然気づかなかった。

「もしかして、いちごさんも……？」

「そのようですね」

いちごも診察しながらドクターが頷く。最後に妖力をわけてもらうと、さんごと同じようにこちらの表情もおだやかになった。

寝汗をかいた寝間着を着替えさせ、額の手拭いも替えてやると、ふたりは揃ってすうっと眠ってしまう。よほど疲れさせてしまったんだろう。いたわしい思いでそれぞれの手を握ると、眠っているというのにまるで翠を気遣うようにきゅっと握り返してくれた。

――いちごさん……さんごさん……。

罪悪感で胸が潰れてしまいそうだ。

「翠くん」

ドクターに小声で促され、子供たちを起こさないようにそっと寝室を出る。

隣の和室に移動すると、翠は深々と頭を下げた。

「ドクターさん、今日は来てくださってありがとうございました。あの子たちを助けてくださって、ほんとうに……」

「なんのなんの。これが僕の本職ですよ、そんなにかしこまらないで」

下げた頭を上げるように言われ、おそるおそる顔を上げる。

「子供が急に熱を出すと不安になって当然です。それもマスターもいない時に、翠くんはよく頑張りましたよ」

「でも……でも、ぼくのせいで……」

子供たちに気を遣わせてしまった。力も制御できなくなるくらいに。

唇を噛む翠に、ドクターは小さなため息とともにゆっくりと首を横にふった。

「それだけ翠くんのことを慕っているんですよ。大事なお兄さんだから、二度と傷つけられたくなかったんでしょう。あの子たちはああ見えて強い妖力を持っています。翠くんが怪我をした時に、自分たちが守れなかったことを悔やんでいるんだと思います」

「そんな……」

「今日はマスターもいない。自分たちで守るんだと張りきった結果です。どうか、あの子たちのことを責めないでやってくださいね」

「責めるだなんてとんでもない」

翠は大きく首をふる。ふたりには感謝の気持ちでいっぱいだ。ただ、同じくらい申し訳ないという思いもあった。

そんな気持ちはすべて表情に出ていたんだろう。ドクターは言い含めるように顔を覗きこんできた。

「ご自分のことも責めてはいけませんよ。あれは、あの子たちの愛情表現なのですから」

にっこり笑うドクターにつられて翠もわずかに表情をゆるめる。

けれど心の中はもやもやとして、うまく整理できないままだった。

薬と注意事項を書いた紙を置いてドクターが帰っていく。寝室に戻り、それをくり返しくり返し暗記するまで読みながら、翠はひたすら子供たちの全快を祈った。

橙色《だいだいいろ》の間接照明に照らされた六畳の和室。

その端に座り、子供たちのあどけない寝顔をどれくらい眺めていただろう。ふたりとも容態が落ち着くに従い呼吸が深くなってくる。どんな夢を見ているのか、口元がうれしそうに綻《ほころ》ぶのを見ると涙が出そうになった。

「ごめんなさい……」

ドクターには自分を責めてはいけないと言われたけれど、こうしていると自分の存在がいかに子供たちに負担をかけていたのかを思い知る。いくら妖力が強いとはいえ、半分は人間の五歳の子供だ。自分のために無理をさせてしまった様子を目の当たりにして胸は痛むばかりだった。

やわらかな前髪をそっとかき上げてやりながら、あらためて騒動をふり返る。

今回の件はドクターがすぐに駆けつけてくれたおかげで事なきを得た。ほんとうにありがたいことだった。感謝してもしきれない。

けれど。

逆に言えば、自分ひとりではどうしようもなかった。ふたりを病院に連れていくことも、お医者さんに病状を説明することも、対処を訊くこともなにひとつできなかったのだ。

「…………」

現実の壁を前に鳥肌が立つ。

病気だけじゃない。

たとえばいちごがご飯を喉に詰まらせたとしても、さんごが転んで頭を打ったとしても、そこに大地がいてくれなければどうしようもない。いつもいつもドクターが来てくれるとは限らないのだ。まるで役立たずでなにが居候だろう。

大地の具合が悪くなった場合だってそうだ。自分では支えてやることもできない。人間に姿が見えない以上、人前で荷物を持ってやることも、話をすることも、彼の付き添いをすることとさえできない。

――ぼく、は……。

胸がぎゅうっと引き絞られたように痛くなる。直視したくない現実がひたひたと足音を立てて喉元まで迫り上がってきた。

人間とあやかし。

その間にある越えられない壁、埋めようのない溝を今ほど痛感したことはない。

あやかし専門のレストランで給仕として雇ってもらい、〈サトリ〉の力を活かして占いまでやらせてもらって、少しずつ居場所ができた。役に立てているというささやかな実感もあった。

生まれてはじめて一緒にいたいと思う人に出会え、相手も自分を好きだと言ってくれた。毎朝目を覚ますたびに新しい日をともに過ごせることをよろこび、眠りに就く前の一時、今日のことを思い返してはしみじみとしあわせを噛み締めた。

そんな日がずっと続くと思っていたのに。

「だめ、なんだ………」

大地や子供たちになにかあった時、自分では役に立てない。

どうして自分はあやかしなんだろう。

どうして彼と同じ人間じゃなかったんだろう。

悔しさに唇を嚙みながら手のひらをじっと見つめる。気づいたらこの世に存在していた自分。これから先どうなるのか皆目見当もつかない。店に来る常連たちはあやかしは長生きだと言っていたから、きっとこの先百年も、二百年も、気の遠くなるような時間をひっそりと生き続けていくのかもしれない。

「百年？」

はっとした。

「大地さんは……？」

彼は人間だ。あやかしのようにはいかない。あと百年もしないうちにこの世からいなくなってしまう。

――大地さんが、いなくなる……。

もはや言葉も出なかった。毎日が楽しくてしあわせで、そんなことまでとても気が回らなかった。明日も、明後日《あさって》も、ずっと続いていくと疑いもしなかった。

彼は人間だ。老いていく間も、やがて土に還《かえ》ってしまっても、自分だけはこの世に留《とど》まり続ける。大地がいなくなってからもずっとあやかしとして生き続けるのだ。こんな残酷なことなんてなかった。

気づきたくなかった。

知らないままでいたかった。

そんな心の声を唇を嚙み締めながらぎゅうぎゅうと押しこめる。いつかは向き合わなくてはいけなかったことだ。彼とは、生きる世界も時間もなにもかも違うということに。

「……、ぅ……ふ……っ」

懸命に嗚咽《おえつ》を呑みこむ。こらえようとしてもこみ上げる想いは胸を突き、あとからあとからあふれ出た。想いが募って苦しいくらいだ。自分の中にこんな強い感情が眠っているなんて知らなかった。

――大地さんが、好き……。

生涯添い遂げられないとわかっていても。

自分では彼のためにはなれないとわかっていても。

――それでも、大地さんが好きなんです……。

「……っ、……うぅ……」

胸が痛くて張り裂けそうだ。口に手を押し当て、必死に声を殺しながら、前にもこんな感覚を味わったことがあったと思い出した。あれは占いをした時だ。恋に悩む女性と話をするうちに彼女の悩みに感情移入し、一緒に泣いてしまったことがあった。

今ならわかる。叶わぬ恋がどんなに苦しいものなのか。それでも相手を焦がれてしまうどうしようもない気持ちまで。

「好きです……」

言葉に出した瞬間、ぶるりと身震いするほどの強い感情がこみ上げてくる。いつの間にこんなに育っていたんだろう、彼へ向かう気持ちは自分で思っていた以上に大きくなっていたと思い知った。

大地さんがほしい。すべてがほしい。笑顔も、冗談も、嫉妬でさえも自分に向けられるものは残らずほしい。そして同じだけ大地さんのものになりたい。大地さんだけのものになりたい。それがどんなに我儘な願いか痛いほどわかっているくせに。

「……っ」

強く唇を噛み締めたその時、遠くで玄関の開く音がした。

続いてバタバタと階段を駆け上がってくる足音に翠はビクリと身を竦ませる。

──大地さんだ。帰ってきたんだ。

気持ちを切り替える余裕もないまま、急いで手の甲で涙を拭う。

すぐに襖が開いて大地が現れる。その顔にはいつになく焦りの色が浮かんでいた。

「任せてすまなかった」

そう言うなり、大地は畳に膝をついて子供たちの顔を覗きこむ。走って帰ってきたんだろう、暗がりでも肩が上下しているのがわかる。ふたりに大事ないことを確認した大地は安堵《あんど》のため息をつき、それからこちらに向き直って頭を下げた。

「ドクターから電話で聞いた。大変な時に俺がいなくてすまなかった」

「いえ、そんな……」

もとはと言えば自分のせいだ。

「ドクターさんからどこまでお聞きになったかはわからないのですが……」

知っておいてもらった方がいいと判断し、掻い摘まんで事情を説明する。

大まかなことはすでに耳に入っていたらしく、大地もドクター同様「おまえのせいじゃない」ときっぱり断じた。

「こいつらも、これから少しずつ力の使い方を覚えるだろう。後先考えずに全力を出せば電池も切れる。それだけのことだ」

「大地さん」

翠が気にしないように、あえてなんでもないことのように言ってくれているんだろう。

大地は子供たちの額におやすみのキスをしてから、ゆっくりとこちらに向き直った。

「翠、ありがとう。おまえがいてくれてよかった」

やさしい眼差しに、彼が心からそう言ってくれているのがわかる。以前の自分なら役に立てた、いてくれてよかったと言ってもらえたと素直によろこぶことができたのに。

――大地さんとは、生きる世界も時間もなにもかも違う。

その事実が翠の心に暗い影を落とす。

やっと彼の気持ちに追いつけたのに。

自分からも想いを告げて、彼の手を取りたいのに。

どうにもならない。どうしようもない。自分があやかしである以上、彼が人間である以上はしあわせな結末は訪れないのだ。

「どうしたんだ、思い詰めた顔をして。……あぁ、疲れたんだな。無理もない」

大地がそっと肩を引き寄せてくれる。そのあたたかさに目を閉じた途端、全身を覆っていた緊張が解け、疲れがドッと押し寄せてきた。

「明日はおまえの好きなデミグラスソースのオムライスを作ろう。ドクターにもお礼をしないとな。店の手伝いはいいから、おまえも顔だけ出してくれるとうれしい。元気になったところを見れば常連たちも安心する。みんな心配していたぞ、翠の調子はどうだ、退屈してないかって」

翠の背中をさすりながら大地が静かに言葉を紡ぐ。橙色の光に映し出された横顔は精悍《せいかん》さの中にもおだやかなやさしさに満ちていて、こんな時だというのに思わず見惚《みと》れた。

あぁ、好きだな、と思った。

息をするごとに、瞬《まばた》きをするごとに好きになる。そしてそれと同じだけ胸がぎゅうっと苦しくもなった。

終わりなんて来なければいいのに。子供たちに読み聞かせた絵本のように、「ふたりはいつまでもいつまでもしあわせに暮らしました」で結ばれればいいのに。

大地は、もしかしたらまだ気づいていないかもしれない。翠と自分がどれだけ高い壁に隔たれた存在同士であるか。だから想いを打ちあけてくれたのかもしれない。まだ夢の中にいるのかもしれない。

「大地さん、ぼく……」

思いきって口を開いたものの、言葉にならない。どうしてもその先を言うのは怖くて、結局なにも言えなかった。

――好きなのに……好きなだけなのに……。

強くこぶしを握り締める。

この想いはどうすればいい。

なにも知らなかった頃には戻れない。

進むことも諦《あきら》めることもできないまま、翠はぐらぐらと揺れる気持ちを持て余す。

頭を撫でてくれるやさしい手を、今だけは自分のものだと思いながら。

＊

数日後、翠はホールに復帰を果たした。

やはり店に立つと元気が出る。慣れた手つきで開店の準備を進めながら、働けることのありがたさをしみじみ噛み締めた。

接客自体は好きだし、忙しくしていれば気も紛れる。なにより少しでも目に見える形で大地の役に立っていたかった。

この想いに未来が見えなかったとしても、それとこれとは別の話だ。せめて今の自分にできる精いっぱいのことをしよう。彼が大切にしている場所を自分も心から大事にしよう。

そんな決意とともにフロアに立つ。

翠の復帰は客らも心待ちにしてくれていたようで、「いらしゃいませ」と出迎えるなりぱっと笑顔になるもの、体調を気遣ってくれるもの、中には激励をくれるものまでいた。

今も、よく見知った笑顔に顔が綻ぶ。

「いらっしゃいませ、鵺さん」

「やぁ、翠くん。すっかり元気そうだね」

カッチリとしたスーツに身を包んだ鵺は、やれやれとネクタイをゆるめながら指定席に腰を下ろした。

「いやー、今日も疲れた。うまいもんがないとやってられん」

「お疲れさまでした。どうぞ」

おしぼりを差し出した傍からそれで顔を拭いている。狐がいたら「やーね。これだからオジサンは……」と怒られるやつだ。

想像して笑いそうになっていると、後ろから自分を呼ぶ声が聞こえた。

「翠ちゃん！」

思いを馳《は》せればなんとやらだ。扉を開けっ放しにしたまま擬態を解いた狐が駆け寄ってきて、そのままガバッと抱き締められた。

「元気になったのね、よかった！」

「あの、狐さん、そ、外から見えちゃいます……あと、苦しい、です……」

「やだ。うふふ。ごめんなさいね」

狐は肩を竦めながら鵺の斜め前に座る。

力任せの抱擁も彼女なりのやさしさだ。翠が怪我をしたと知った時にはずいぶん心配し、また憤ってくれたと大地から何度も聞いていたから。

「ご心配をおかけしてすみませんでした。また頑張りますのでよろしくお願いします」

「変なのに絡まれて大変だったわね。次はあたしも加勢するから呼んでちょうだい」

「おいおい。それはシャレにならん」

「どういう意味よ」

鵺と狐が仲良く小突き合っていると、カランコロンとドアベルが鳴って、常連テーブル最後のメンバーが顔を見せた。

「いらっしゃいませ、ドクターさん」

「こんばんは、翠くん。お店で会うのは久しぶりですね」

ていねいに一礼する翠に、いつものように山高帽を掲げたドクターがうれしそうに目を細める。子供たちの面倒を見てもらった翌日はほんとうに挨拶《あいさつ》だけだったから、こうして制服で出迎えるのは実に一週間ぶりのことだった。

「おじいちゃん、来た！」

「来た！」

ドクターを見つけた子供たちが奥から駆け寄ってくる。往診してもらって以来、彼らにとってドクターは正義の味方になったようで、今やすっかりべったりだ。

一方の、実際のところは三十代にも拘わらず擬態のせいで「おじいちゃん」呼びが定着してしまったドクターは些《いささ》か複雑な心境ではあるようだけれど。

「やぁやぁ、おチビさんたち。元気になりましたね」

口髭をもふもふさせながらドクターがふたりの頭を撫でる。

子供たちは髭に興味津々といったふうで、我先にと小さな手を伸ばした。

「これでは擬態も解けませんねぇ」

「すみません、ドクター。……ほらふたりとも、お食事のお邪魔になりますよ」

「やー。おじいちゃんといる」

「さんごも」

どうやら本気で離れないつもりのようだ。ドクターもにこにこしながら子供たちを膝に抱きかかえている。しかたがないのでご機嫌の子供たちに失礼をしないように言い含め、給仕で手が離せない間、少しだけ甘えさせてもらうことにした。

こちらの注文を取り、あちらに料理を運び、訪れた客を迎え、帰る客を見送る。

にぎやかな笑い声に混じってカトラリーが小気味よく触れ合い、厨房のフライパンからは勢いよくフランベの炎が上がる。

いつもの琥珀亭だ。やさしくて、あったかくて、おいしい匂いのするしあわせな空間。

その中で忙しく立ち働きながら、ともすると心にぽっかり空いた穴の存在を思い出してしまいそうになる。それは大地の声を聞くたび、顔を見るたびに、ズキズキと疼《うず》きながら大きくなるばかりだった。

――いけない……。

ホールにいる間だけでもいつもどおりにしなければ。

ただでさえ怪我をして休んだことで客たちには心配をかけてしまった。その上さらに、大地の一挙一動に反応しておかしな動きをしては不審に思われてしまう。

それでも大地に「翠」と名を呼ばれるたび、「ありがとう」と礼を言われるたびに胸がきゅうっとせつなく痛んだ。

ずっと名前を呼んでほしい。

ずっと必要としてほしい。

それを声に出して言うことができたらどんなにいいだろう。

だけどそれはいけないことだ。現実を突きつけて束の間の夢を終わらせてしまうくらいなら、少しでも長くこのままでいたい。

――でも、いつまで……？

いつまでだろう。人間である彼とあやかしである自分がともにいられる時間はあとどのくらい残っているんだろう。考え出したら落ち着かなくなってきて、注文を待つ間もそわそわしてしまう。こうしている間にも大地の寿命は刻々と減っているはずなのだ。

せめて、自分が人間になれたら命を沿わせることもできるのに――。

「……あ！」

その手があった。

思いついた瞬間いても立ってもいられなくなり、翠は常連たちのテーブルに直行する。大地は睡魔に襲われた子供たちを二階に連れていったから、話すとしたら今がチャンスだ。翠は「お食事中すみません」と断って、空いている席に腰を下ろした。

「どうしたんだい、珍しい」

「久しぶりで疲れちゃった？」

向かいの鵺が首を傾げる。隣の狐も気遣わしげに顔を覗きこんできた。

「あの、実は教えていただきたいことが……」

けれど話し出してすぐ、大地がカウンターに戻ってきたのが視界に入る。前置きから説明している時間はない。翠は声のボリュームを少しだけ落とし、思いきって三人の顔を見回した。

「あやかしは、人間になれないでしょうか？」

よほど意外な質問だったのだろう、誰もがぽかんとした顔をする。

「残念ながら、そういった事例は聞いたことがありませんねぇ」

ドクターの言葉に他のふたりもはっとしたようにこちらを見た。

「ちょっと翠ちゃん、人間になりたいの？　妖力もなくなっちゃうわよ？」

「構いません。それでもいいんです」

「あやかし相手ならいくらでも工作できるんだが……ほんものの人間になるとさすがに管轄外だなぁ」

鵺も肩を竦める。擬態を手伝うことはできても種族の壁を越えさせることはできないと言われてしまい、これ以上の無理は言えないと悟った。

「そうですか……。すみませんでした、変なことをお聞きして」

一礼して席を立つ。

「翠」

その時、まるで計ったように大地に呼ばれた。

隣のテーブルのオーダーができ上がったようだ。カウンターには熱々の鉄板プレートに乗ったハンバーグが三人分、じゅうじゅうと音を立てている。そのボリュームもさることながら、たっぷりかかった五種のキノコのデミグラスソースはこの店自慢の逸品だ。

「熱いから気をつけるんだぞ。ゆっくり、一枚ずつでいい」

「はい」

ずっしりと重たい皿を一枚おそるおそる持ち上げる。鉄板が傾くたびに熱々のソースがじゅうっと音を立てて跳ねるので、そのたびにひやひやしながらテーブルとカウンターを往復した。

翠がそちらに集中する間、大地はドクターたちのグラスに水を注ぎに出てくれたようだ。

料理をするだけでも忙しいだろうに、そんな細かなところまで気づいてくれてありがたい。すぐにこちらの仕事を終わらせて、自分でもテーブルを回らなくては。

そんなことを考えていると、ふと、大地の声が耳に入ってきた。

「鵺さん、相談させてもらえませんか」

気になってそちらを見ると、鵺も狐もドクターも、皆がうんうんと頷いている。

「マスターもいよいよお仲間ですか」

「あそこまで言われちゃったら覚悟も決まるわよね」

「前から考えてはいたんです。……もう少し、時間がかかるかと思っていたんですが」

「うれしそうな顔するね、マスター。まぁ、そりゃそうか」

なにを話しているんだろう。大地もとても楽しそうだ。

「一肌脱がせてもらうよ。いつもおいしいものを食べさせてもらってるお礼にね」

「ありがとうございます。恩に着ます」

「いいっていいって。ビーフシチューちょっとだけおまけしてくれれば」

「ちょっとセンセイ」

「おっと」

狐にヒールで臑《すね》を小突かれ、鵺が大袈裟《おおげさ》に肩を竦める。そんなふたりの息の合ったやり取りを見て一同がドッと湧いた。毎日のようにくり返されてきた光景だ。

――これも、あとどのくらい見ていられるんだろう。

考えただけで胸がぎゅうっと痛む。ささやかな日常であればあるほど、愛《いと》しさとともにせつなさが募った。どうにもならないことだからこそ詮《せん》ないことばかり考えてしまう。

――大地さん……。

せめてすべてを目に焼きつける思いで大地を見つめる。

このまま時が止まればいいのにと、今ほど思ったことはなかった。


じりじりとした想いを持て余しながら、それから数日が経った。

店はあいかわらず忙しく、それによって気が紛れたり、時々どうしようもない寂しさに襲われたりと自分でも心を制御しきれずにいる。それでもおかしな失敗をしないように、せめて恩返しだけでもできるようにと、それだけを考えて努めた。

あの夜以来、大地は鵺と話しこむことが増えた。

店で言葉を交わすだけでなく、外でもふたりで会っているらしい。気になって一度それとなく訊ねてみたものの、「そのうち話す」と明確な答えはもらえなかった。

「なんだ。俺が鵺さんと話してるのが気になるのか？」

おまえが妬《や》いてくれるなんてなと冗談を言う大地に、翠は曖昧に笑うばかりだ。

大地にとって鵺は昔からの大切な常連であり、便利屋としても頼りにしているだろう。だからふたりが話をすること自体になんの引っかかりもない。

それなのに、外でまで会っていると知って胸がもやもやしたのも確かだ。一緒にいられる残り時間の、そのほんのわずかでも他の人のために使ってほしくなかった。

我儘だということはわかっている。

だから口にしてはいけないということも。

「大地さんがお話しをされたいなら……」

なんと言うべきか迷って、やっとそれだけを言葉にする翠に大地はそっと目を細めた。

「おまえらしいな。もっと思っていることをブチ撒《ま》けてもいいんだぞ」

「いえ、そんな……」

そんなことをしたら取り返しがつかなくなる。

ふるふると首をふる翠の頭を、大地は笑いながら何度も撫でた。

「いつか言ってもらえるようになりたいもんだ。『ぼく以外見ないでください』って」

「えっ」

「はは。冗談だ」

くしゃりと髪をかき混ぜた手が名残も残さず離れていく。立ち上がった大地は「さて、支度をはじめるか」と倉庫に下りていってしまった。

ぼんやりとそれを見送って、翠はそろそろと口を開く。

「ぼく以外、見ないでください……大地さん」

言葉にしただけで鼻の奥がツンと痛くなる。言いたくても言えない言葉。決して伝えてはいけない言葉。これからも、できるだけ長く一緒にいるために。

高鳴る鼓動を鎮めるように服の上から胸を押さえる。気持ちを切り替えるために大きくひとつ深呼吸をして、翠もまた身支度を調え、店へと続く階段を下りた。

客のいない店内はガランとしていてやけに静かだ。それでもあと三時間もすれば、わいわいにぎやかになるだろう。

いつもどおり黒板を書き、花を活け、ひとつひとつテーブルを拭いて回る。そうやって黙々と働いているとどうしても大地のことが脳裏を過ぎった。

同じ性を持って生まれた違う種族の想い人。どんなに心を重ねても、決して添い遂げることのできない相手。

――そんなふたりを、ぼくは知ってる……。

唐突に思い出した。

かつてこの店に足繁《あししげ》く通い、先代の作る料理を愛し、有事の際には身を挺《てい》してまで店主を守ったあやかしがいたことを。なによりともに在ることを願い、終《つい》ぞ想いを打ちあけないまま去っていったあやかしがいたことを。

十護が先代に向けていたのは、きっとこんな気持ちだったのかもしれない。彼らの話を聞いた時は同性を好きになるなんてと不思議だったけれど、今ならその気持ちが痛いほどわかった。

――きっとはじめからわかってたんだ。叶わない恋をしてるって。

ズキズキと痛む胸を抱えたまま翠はカウンターに歩み寄る。

不格好なはずの焦げ跡が今は勲章のように輝いて見えた。想いを重ねることはなくとも、大事な人を守った証だ。それがとてもうらやましく思えた。

そっと焦げ跡に手を伸ばす。

指先が、かすかに触れた時だった。

「……え……?」

人差し指の先がふわっとあたたかくなる。はじめは気のせいかと思ったものの、それが中指、薬指と少しずつ広がっていき、やがて手のひら全体をやわらかな光が包んだ。

なにが起きているんだろう。まるで占いをしている時のような。

「そんなことって……」

目の前には誰もいない。カウンターに触れているのは自分ひとりだ。

「それなら、これ……」

まじまじと焦げ跡を見つめる。まさかと声にならない声で呟くのと、思いが流れこんでくるのはほぼ同時だった。

『もしも誰かが、僕の声を聞くことがあるなら……いつか力のあるあやかしがやって来て、僕の想いに触れてくれることがあるのなら……どうか、聞き届けてください』

十護だ。もうここにいないのに、この世にいるかもわからないのに、残留思念となった想いがこうして再び甦《よみがえ》るなんて。

翠は息を詰めたまま指先に神経を集中させる。触れているだけで時折ヒリつくような、切実な思いがこれでもかというほど伝わってきた。

『愛する人とともに在ることは素晴らしい。同じ年月を重ねられることはかけがえのないよろこびでした。けれど壁に挑むことを怖《おそ》れるばかりに、僕は決定的な間違いを犯した。この手で、愛する人をしあわせにすることができなかった』

後悔の念に手のひら全体がビリッと痺《しび》れる。もう二度と戻れぬ過去への悔恨は翠の胸に強く深く突き刺さった。

『僕は向き合うことから逃げていました。現実からも、彼からも……。自分が傷つくのが怖くて、ただ格好をつけていただけでした。その結果、すべてを失ってしまったのです。だからどうか、この声が聞こえるのなら同じ思いはしないでください。人間だろうと、あやかしだろうと、しあわせになる権利は等しくある。相手をしあわせにするための努力を惜しまなければ道は必ず切り拓《ひら》かれます』

声は、そこで終わった。

そろそろとカウンターから手を離してみてはじめて右手がふるえていたことに気づく。いや、手だけじゃない。熱の塊を呑みこんだように全身が熱く、どこもかしこも小刻みにふるえていた。

「大地さんを、しあわせにするための努力……」

そんなふうに考えたことがなかった。自分ではだめだと端《はな》から思いこんでいた。

けれどもし、叶うのなら。

種が違うことは否めない。寿命の隔たりも大きくある。それでも、こんな自分でも彼をしあわせにすることができるのならどんな努力も厭《いと》わない。どんな困難にも立ち向かってみせる。

焦げ跡を見つめながら胸の中で十護の言葉をくり返す。

これまで目の前を覆っていた靄《もや》は、いつの間にかきれいに消えてなくなっていた。


その日はいつになく仕事に気合いが入った。

もう迷わないと腹を括《くく》ったおかげかもしれない。これまでは大地に呼ばれるたび、言葉を交わすたびに胸がせつなく痛んだけれど、十護の言葉に勇気づけられたおかげで今夜は動じることはなかった。

最後の客を送り出し、ドアにクローズドの札を出す。こうした戸締まりも翠の仕事だ。

いつものように外の片づけを終えた翠は、ゆっくりとひとつ深呼吸をしてカウンターの大地をふり返った。

「お疲れさまでした」

「あぁ。お疲れさん。今日は客も多くて疲れたろう。賄いはおまえの好きなものを作るからな」

大地がボウルを見せながら応えてくれる。きっと彼特製のオムライスだろう。想像しただけでお腹がぐうっと鳴りそうになるのをこらえ、翠はカウンターへと歩み寄った。

「ありがとうございます。でもその前に、少しお話ししてもいいですか」

「話？」

「はい。大地さんに聞いてほしいことがあるんです」

大地は手を止め、まっすぐにこちらを見つめてくる。これまで自分からあらたまった話などしたことがなかったから、どうしたんだろうと不思議に思っているのかもしれない。

それでも彼は嫌な顔ひとつせず、カウンターをぐるりと回ってきてくれた。

自分のために手を止めてくれただけでも充分なのに、正面から向き合ってくれるなんて。

真剣に話を聞こうとしてくれる気持ちが伝わってきて、翠は感謝の思いで頭を下げた。

「ありがとうございます。こんなふうにしてくださって」

「大事な話なんだろう。おまえの言葉は一言一句、聞き洩らしたくないからな」

「大地さん……」

この人に出会えてよかった。

この人を好きになってよかった。

胸に熱いものがこみ上げてくる。だからだろうか、気づいた時には自然と言葉が口からこぼれ出ていた。

「突然こんなことを言って変に思われるかもしれませんが……ずっと考えていたんです。あやかしであるぼくが、大地さんの隣でどう生きられるのかって——」

常連客らのように人間社会を生き抜く術《すべ》を自分も持っていればよかった。翠に備わっているのは長い寿命と〈サトリ〉の力ぐらいのものだ。

「ぼくは擬態ができませんし、ドクターさんのように誰かの命を救うこともできません。狐さんみたいに誰かの『かわいくなりたい』気持ちを後押しすることも、鶺さんのように誰かの生活を手助けすることもできません。それどころか、外に出ればこの声さえ人の耳には届きません。……それが、ぼくなんです」

こうして並べてみるとマイナスばかりだ。

やりきれない思いに自嘲の笑みを洩らす翠に、大地はゆっくりと首をふった。

「だからどうした。全然大したことじゃない」

「大地さん？」

「ドクターさんたちはみな努力して手に職をつけた。おまえがそれを望むなら同じように頑張ればいい。俺は応援するし、できるだけ支えてやりたいと思う」

「ありがとうございます。でも……」

そう言ってくれるのはとてもありがたいけれど、いくらやっても肝心の擬態ができなくてはこの店の外では役に立たない。

「そんな時のために強い味方がいるじゃないか」

大地はそう言って、鵺の指定席を親指で指した。

「夏祭りでも世話になったろう。擬態をマスターするまで定期的に幻術をかけてもらえばいい。人のふりなんて簡単だ。近所づき合いもできるし、あまり大きな声では言えないが戸籍だって作ってもらえる」

人間として社会に根を下ろすことができる。大地と近所を散歩することも、買いものに行くことだってできるのだ。

思ってもみないことを言われてぽかんとなる。

そんな翠に、大地はおかしそうにくすりと笑った。

「どうしたんだ、そんな顔をして。いつも占い相手をびっくりさせるのがおまえのお得意だろうに」

「そ、そんなこと言われても……。大地さんとお散歩できるかもしれないなんて……」

「おまえと外を歩くのは楽しいだろうな。土手に寝転んだり、花見に行ったり……あぁ、その時は弁当を作っていこう。子供たちもきっとよろこぶ」

「そんなことまで！」

「もちろんだ」

大地が力強く頷く。信じられない思いで翠はただただ鳶色の瞳を見上げた。

おだやかな日射しの中、大地と肩を並べて歩けたらどんなにいいだろう。ふたりの間にはいちごとさんごがいて、四人で手をつなぎながら笑い合う。目的地に着いたらシートを広げて大地のおいしいお弁当を囲むのだ。そんな素敵なことなんてなかった。

「夢みたい……」

大きな手が伸びてきて、髪をくしゃりとかき混ぜられる。

「俺は実現したいぞ。夢なんかじゃなく」

「大地さん」

「おまえといろんなことがしたい。何度も、何年も……死ぬまでずっとだ」

おだやかに、けれどきっぱりと告げられて、翠は冷や水を浴びたようにはっとなった。

——大地さん、気づいてるんだ………。

それは確信だった。

お互いの命の長さが途方もないほど違うことを、大地はきっとわかっているんだろう。どれだけ一緒にいたくとも、そう遠くない将来きっとリミットは訪れる。そうして翠だけが生き続けるのだ。ふたりの思い出を糧にして。

もはや言葉も出てこない。喉の奥がぐうっと閊《つか》え、息をすることさえ苦しくなった。

「おまえをひとりにしたりしない」

大地の言葉に弾かれたように顔を上げる。

見上げた鳶色の瞳は、とても澄んだ色をしていた。

「おまえを置いて逝ったりしない。約束する」

「大地さん……」

じわじわと胸の奥が熱くなる。

これまで何度も思った。彼こそが〈サトリ〉なんじゃないかと。いつだって一番ほしい言葉をくれる。自分をわかってくれている。それがこんなにも心強くて泣きたい気持ちになるなんて。

「ありがとうございます。お気持ち、すごくうれしいです」

その言葉だけでも心の拠《よ》り所《どころ》になると思うから。

けれど大地は不満があるのか、ムッとしたように眉間を寄せた。

「俺が口だけの男だと思ったか。俺は、おまえに約束すると言ったんだ。なにがあってもそれを守る」

「でも、どうやって……」

「あやかしになる」

「…………え？」

聞き間違いではないだろうか。すぐには言われている意味がわからず、瞬きをくり返す翠に、大地は憮然《ぶぜん》としたまま続けた。

「おまえと一緒にいたいんだ、なりふり構っていられるか。人に限界があるっていうならそれを越えてやるまでだ」

迷いのない眼差しに、思わず感嘆のため息が洩れる。聞き間違いなんかじゃなかった。彼は本気であやかしになると言っているんだ。

翠がようやく理解したとわかったのか、大地は悪戯っ子のように肩を竦めた。

「この店の常連たちは大先輩だからな。手取り足取り指南してくれるだろう」

「で、でも、鵺さんが種の壁は越えられないって……」

自分が人間になりたいと言った時、それはできないと断られた。管轄外だからと。

そう言うと、大地は少し困ったように苦笑した。

「嘘も方便というやつだろうな。おまえを止めるためにそう言ってくれたんだろう。俺がいずれあやかしになるつもりだってことは話してあったんだ。……そうでもしなきゃ、おまえを口説き落とせないと思っていた」

「え……？」

「初心なあやかしを口説くには時間がかかる。人間の寿命なんかじゃ足りないさ」

翠が気負わずに済むようにだろう。大地が冗談めかして肩を竦める。

けれど、それが彼にとってあまりに重たい決断だということぐらい、翠にもわかった。

人として生まれ、人として育った大地。

彼には彼を育ててくれた両親もいれば、電話で楽しげに話していたような友人もいる。

気づいたらポンとこの世に存在していた自分とは違うのだ。諦めさせるものが多すぎる。

「翠」

ぐるぐると思い巡らせているのが顔に出ていたのか、大地に呼ばれてはっとなる。

「心配しなくていい。大丈夫だ」

「でも」

「両親はきちんと看取る。それが俺にできるせめてもの親孝行だと思っている」

突然親子の関係を断つわけではない。すべての後始末を終えた後に己の存在自体を消し、長い生が終わりを迎えるその時まで墓守として見守っていたいと大地は語った。

その眼差しは揺るがない。落ち着いた表情からも熟考した末の結論だとわかる。

――それでも……。

割りきれるものだろうか。思い残すことはないだろうか。うまく言葉にできない思いを抱えたまま見上げる翠に、大地は首を横にふった。

「寂しくないと言ったら嘘になる。だが、俺は後悔したくない」

力強い声がきっぱりと告げる。

「俺はおまえと添い遂げるために最善の方法を選ぶつもりだ。これからも全力でおまえを守る。だから翠、俺と一緒になってくれ」

「大地さん」

「愛している」

その瞬間、音が消えた。

あぁ、どうしよう。こんなことがあるなんて。こんなしあわせなことがあるなんて。

――大地さんが、ぼくを……。

愛していると言ってくれた。一緒になろうと言ってくれた。これから先、種がふたりを分かつことなく、長い生を添い遂げようと。

胸の奥からぐうっと熱いものが迫り上がる。うれしくてうれしくてどうしようもなくて胸が苦しくてたまらない。こんなにも愛しい痛みがあることをこの世に生まれてはじめて知った。大地に出会ってはじめて知った。

涙がぽろぽろと頬を伝う。

翠は懸命に嗚咽をこらえ、まっすぐに大地を見上げた。

「ぼく……、ぼくも、大地さんが好きです。大地さんと一緒にいたいです」

「翠」

逞しい腕に包みこまれる。離すまいとするかのように力いっぱい抱き竦められ、一部の隙もないほどぴったりと身体を合わせながら愛しい匂いを吸いこんだ。

一息ごとにドキドキと胸が高鳴る。痺れるようなよろこびで満たされてゆく。

やっと想いを伝えられた。

気持ちを沿わせることができた。

翠からも思いきり腕を回して大地の身体を抱き返す。手のひらが触れた瞬間、彼の想いが奔流のように流れこんできて驚いてしまった。今までとは全然違う。まるで溺《おぼ》れてしまいそうなほどの熱い愛情。

「大地さん、すごい……」

驚いて顔を上げると、大地は困ったように、けれどうれしくてたまらないというように微笑んだ。

「おまえが応えてくれたからな。だからもう、我慢しない」

耳元に口を寄せた大地に「翠……」と濡《ぬ》れた声で名前を呼ばれる。心臓がドクンと跳ね、いやおうなしに鼓動が高まる。

「おまえも同じ気持ちだと確かめたい。俺の言っている意味がわかるか」

「は、はい」

思いきって頷いた。

自分には知識も経験もないけれど、それでも胸の奥からこみ上げる熱い思いがそれを知らせる。大地のたったひとりになりたいとこの心が叫んでいる。

「おまえがほしい」

言葉で心を鷲掴《わしづか》みにされ、胸の奥がじんと痺れた。

だから翠も、ありのままを口にする。

「ほしいって言ってもらえてすごくうれしいです。大地さんのものになりたいって思っていたから……。ぼくの全部を、もらってくれるんですよね」

大地は一瞬目を瞠り、それから「こら」ととろけるような目をして笑った。

「どこで覚えてきたんだ、そんな台詞」

「あ、あの……、よくなかったでしょうか」

「いいや。百点満点だ」

ご褒美とばかり、髪にキスの雨が降る。

「おまえの全部を俺にくれ。俺の全部をおまえにやる」

「大地さんの、全部……」

わずかに身体を離した大地に恭しく右手を取られ、誓うように手の甲にくちづけられた。

「この唇も、この舌も」

指先に唇を寄せられ、濡れた感触にドキッとなる。そうかと思えば、そのままゆっくり吸うようにされ、これまで感じたことのないぞくぞくとしたものが背筋を駆け抜けた。

「ん……」

前歯で人差し指を甘噛みされ、舌でぬるりと舐《な》められる。

「ん、んっ……」

触れられるたび、新しい感覚を覚えさせられるたびにみっともないほど身体がふるえた。それが恥ずかしくてたまらないのに、羞恥《しゅうち》だけではないなにかが胸の奥から迫り上がってくる。心臓はドクドクと音を立てて今にも壊れてしまいそうだった。

――どうしよう、こんなの……。

知らない。こんなのは知らない。どうしていいかわからない。

それなのに、やめてほしくないと思ってしまう。もっともっと触れてほしい。彼が与えてくれるものすべてを受け止めたい。大地の色に染まりたい。

けれど、そんな思いとは裏腹に、ちゅっと音を立てて大地の唇が離れていく。

心地よさと名残惜しさをない交ぜにして見上げる翠に、大地は愛しげに目を細めた。

「いい顔だ。はじめて見るな、おまえのそんな顔は」

「大地さん」

名を呼んで続きをねだると、宥めるようなやさしいキスが額に落ちる。

「無垢《むく》なおまえを汚してしまうようで怖くもあるが……その責任も、俺に取らせてくれ」

もう一度強く抱き締められた後で手を引かれる。二階へと階段を登る間も、居間に着いてからも、つないだ手のひらから絶え間なく熱い想いが流れこんできてのぼせてしまいそうになった。

部屋が暑いのか、それとも大地の熱に浮かされているのか、それすらもわからない。

そんな自分はずいぶん赤い顔をしていたんだろう。手を離した大地に気遣わしげに顔を覗きこまれ、照れくささのあまり下を向く。それに小さく笑った彼は寝室から布団を一組運んできて畳の上に敷いてくれた。

「翠」

敷布に腰を下ろした大地が腕を伸ばしてくる。

思いきってその手を取るなりグイと引き寄せられ、上下を入れ替えるようにして布団の上へと寝かされた。

身体の両側に手をついた大地が覆い被《かぶ》さってくる。愛しい鳶色の瞳に至近距離で見つめられ、無意識のうちに喉が鳴った。

「怖いか」

「いいえ」

ふるりと首をふる。愛しい人にされることで、怖いことなんてひとつもない。

そう言うと、大地は小さくため息をつくようにふっと笑った。

「誰かをこんなに愛しく想う日がくるなんてな……。おまえに出会わなかったら、きっと一生知らなかった」

「大地さん」

「翠。愛している」

ゆっくりと大地の顔が近づいてくる。唇に触れる前の一瞬、噛み締めるような間があり、それから静かに唇同士が重なった。

まるで誓いのようなくちづけに胸がぎゅうっと痛くなる。けれどそれは悲しみではなく、苦しみでもなく、よろこびと、うれしさと、ただただ胸がいっぱいになるほどのしあわせに満ちていた。

『——愛している。翠、おまえが愛しくてたまらない』

重ね合った唇からも大地の想いが流れこんでくる。触れては離れ、離れては触れながら媚薬《びやく》のように甘い熱を注ぎこまれ、頭の芯《しん》がくらくらとなった。

『翠……翠……』

こんなふうに絶え間なく、熱っぽく名前を呼ばれて心が溶けてしまいそうだ。どれほど浴びても尽きることのない情愛によって、翠の中に生まれた熱までもいつしか昂ぶらされていった。

「ん、……ふっ、……」

唇の間から熱い舌がぬるりと潜りこんでくる。びっくりして引きかけた顎《あご》を押さえられ、少し力を入れるようにして下顎を下げられ、口の中に大地の舌が深く差し入れられた。

はじめて触れる他人の舌。

食べものを味わうためのものだと思っていたそれに口の中を舐められ、くすぐられて、なぜかぞくりと背筋がふるえた。決して不快ではない、けれどうまく言えない不思議な感覚に苛《さいな》まれる。ぬるり、くぬりと舐《ねぶ》られているうちに身体からは力が抜け、ふわふわと宙に浮いたような心地になった。

――甘い……。

うっとりと目を閉じたまま与えられる愛に酔う。口内をあますところなく堪能した熱い舌は、名残を惜しむように唇を舐めながらゆっくりと離れていった。

「大地、さん……」

静かに目を開け、大地に向かって手を伸ばす。

わずかに上体を起こした大地はその手を取るなり、手のひらの窪《くぼ》みにも唇を寄せた。

『なんて甘いんだ、おまえは……。もっともっとおまえを知りたい』

「わ…」

「あぁ、聞こえたか」

大地が照れくさそうに眉を下げる。

「頭の中がおまえのことでいっぱいなんだ。翠には全部お見通しだな」

「ぼ、ぼくも、大地さんのことばっかりです。だからおあいこです」

それなのに心の声まで伝えられなくてちょっと悔しい。

そう言うと、大地は小さく噴き出してからもう一度ぎゅっと抱き締めてくれた。

「おまえはその分顔に出ている。俺のことが好きで好きでしょうがないって」

「えっ。そそ、それはその……すみません」

「どうして謝る。俺はうれしくてしかたないのに」

くすくすと笑いながら大地が触れるだけのキスをくれる。

「ずっとおまえに言いたかった。だからもうこれからは我慢はしない。……愛している。

俺のありったけでおまえを愛している」

まっすぐに告げられ、心臓が甘くせつなく、きゅうっと疼いた。

だから翠からも腕を回して広い背中を抱き締める。

「ぼくもです。ぼくも、大地さんを愛しています」

「やっと同じ気持ちになれたな。翠」

「はい」

再び唇を重ねてからは、お互いもう止まれなくなった。

これまではどんなに想いを抱いても、どれだけ心を寄せていても、いけないことをしているという負い目があった。大地の言う好きと自分の気持ちがどう違うのかわからなくて、傍にいるのが苦しく思えたことさえあった。

種族の違いという壁に阻まれ、生涯添い遂げることのできない運命を呪《のろ》い、それでも、それでも出会った奇跡まで恨むことはできなかった。ならば限りある時間をどう生きるか、どうやったら彼をしあわせにできるか、それだけを考えようとしていた。

だから、こうして想いをわかち合えたことがうれしい。同じ気持ちで向き合えたことがうれしい。彼のたったひとりになれることが。彼をただひとりのひとにできることが。

「大地さん……大好き……」

心の中にあふれる想いを言葉にするだけで涙が出る。

『翠、泣くな。もう泣かなくていいんだ』

こぼれ落ちる滴をやさしく唇で吸われるたび、言葉以上に雄弁に語る彼の心が自分の中に染みこんでくる。こんなにしあわせで、こんなに満たされることなんて今までなかった。

今ようやく、それがわかった。

「大地さん、大地さん………」

制服を脱がされる間も、一糸纏《まと》わぬ姿となってからも涙が止まらない。

そんな翠に、大地は辛抱強くキスをくれた。

「おまえがこんなに泣き虫だとは知らなかった」

「ご、めん…、なさ……。うれしくて……」

「あぁ、俺もだ」

大地は待ちきれないというようにコックコートを脱ぎ捨てる。はじめて見る彼の逞しい上半身に思わず見惚れた。

「翠」

再び覆い被さってきた大地を受け止め、ぴったりと肌を合わせる。素肌で触れ合っているだけで眩暈《めまい》がするほど気持ちいい。人肌がこんなに安心するなんて知らなかった。

大地も同じ気持ちでいてくれるんだろう。ほうっと感嘆のため息が降る。

『うれしくて頭がどうにかなりそうだ。おまえとこうしていられるなんて……』

「大地さん」

「翠、もっとほしい」

「あ……」

大きな手がゆっくりと脇腹をなぞり上げる。肋骨《ろっこつ》の数を数えるように上へ上へと昇ってきた手のひらが胸を掠め、首のつけ根から左右に開くように鎖骨を辿られて、ぞくぞくとしたものが背筋を這《は》った。

「んっ……」

「きれいだ。翠」

身体がふるえてしまうのが恥ずかしくて、思わずぎゅっと目を瞑《つむ》る。

けれど大地はお構いなしに上体を倒すと、首筋に唇を寄せてきた。

「あ、んっ」

ぬるりと濡れた感触に思わず声が出てしまう。自分が洩らしたとは思えないような鼻にかかった甘えた声だ。とっさに手で口を押さえたのだけれど、それもすぐに大地によって取り払われてしまった。

「感じてるなら聞かせてくれ」

「で、でも…、みっともなくて……」

「そんなことない。俺を煽るには覿面《てきめん》だ」

「え？　あっ……」

再び首筋に舌を這わされ、ちゅっと音を立ててキスをされてこらえきれない声が洩れる。なにもかもはじめてでどうしたらいいかわからず、身体中に力が入った。

「んっ、……んんっ……」

やさしく吸われるたびにびくんと肩がふるえてしまう。呼応するように爪先《つまさき》がシーツに弧を描いた。

『かわいいな、翠。すごくかわいい』

大地の手が濡れた首筋をつうっと伝う。

「ここが気持ちいいか」

「は…、い」

答えるのは恥ずかしくてたまらなかったけれど、嘘はつきたくなくて素直に頷く。

そんな翠に、大地はご褒美とばかりに立て続けにキスをくれた。

「おまえは俺だけのものだ」

「んっ」

皮膚の薄いところを一際強く吸い上げられて、肌に鮮やかな赤い花が咲く。

「大地さんの、ものに……」

そんなふうにされたらうれしくて胸が苦しくなってしまう。ツキリとした痛みさえ甘い疼きへと変わっていく。もっともっとそうしてほしくて大地の髪に指を梳き入れると、彼がふっと含み笑うのが気配でわかった。

節くれ立った両手が再び胸元に下りていき、やんわりと肌を撫でる。指先が胸の突起にかかった瞬間、ビリッとしたものが突き抜けた。

「あ、んっ……」

自分の身体に起こったことがわからず、ただただ狼狽《うろた》えてしまう。

そうしている間にも胸の尖《とが》りを摘まれ、捏《こ》ねられ、やんわりと押し潰すようにされて、ズキズキとした強い疼きと、それだけではない熱が身体の奥からこみ上げてきた。

「ん、っ……んんっ……ぁ……」

触れられれば触れられるほど、痛いほど張り詰めてしまう。今やそこは硬く尖り、次の刺激を待ち受けている。恥ずかしくていやいやと首をふるばかりの翠を煽るかのように、大地は尖りに唇を寄せた。

「あんっ」

濡れた咥内に迎え入れられ、ちゅっと吸われて腰が揺れる。熱い舌でぬるぬると嬲《なぶ》られるとそれだけで気を遣《や》ってしまいそうになった。

「や、……大地さん…、それ、だめ……」

首をふって訴えても大地は聞き入れようともしない。口と指で左右を交互に愛撫《あいぶ》され、甘い疼きは強まるばかりだ。今や呼吸をするのも苦しく、翠は胸を大きく上下させながらはくはくと喘《あえ》ぐしかなかった。

熱に浮かされているみたいだ。自分の身体なのに制御が利かないばかりか、どんどんと情欲に煽られ覚えのある波に巻きこまれていく。これまでこうした衝動に駆られることがほとんどなかった翠にとってそれは熱としか言いようがなかった。

胸の尖りを捏ねられるたび中心がずくんと疼く。翠自身は触れられていないにも拘わらず芯を持ち、いつしかまっすぐに天を仰いだ。

それが恥ずかしくて、せめて少しでも隠そうと腰を捻ったのだけれど。

「こら、逃げるな」

「んんっ」

翠の考えなどお見通しとでもいうように大きな手に自身を包まれ、やんわりと揉《も》みしだかれて、声も出ないほど身体がふるえた。

「……っ、……ぁ、……」

ぎゅっと閉じた瞼《まぶた》の裏にチカチカと星が散る。誰かに触れられることがこんなに気持ちいいなんて知らなかった。

自分とはまるで違う大きな手にすっぽりと包まれ、やさしく上下に擦られて、ただただ息を殺すことしかできない。止めなければと伸ばした手は力を入れることもできないまま、大地の腕に添えるばかりだった。

「だい、ち…、さ……っ……」

じわじわと、けれど的確に狙って追い上げられ、拒むことも耐えることもできないまま全身のふるえが止まらなくなる。これまで経験したことのないような甘い悦楽に頭の中が真っ白になり、なにも考えられなくなる。

「あ、ぁ…、んんっ――……」

敏感な括《くび》れを擦り上げられた瞬間、身体がふわっと浮くような感覚があり、すぐに膨らみきった先端から蜜《みつ》がどっとあふれ出た。

熱いものが腹の上に点々と散る。それにさえも感じてしまい、吐精は二度、三度と長く続いた。

「……はぁっ、…は、……っ」

硬くこわばった身体から息をするたび力が抜ける。強すぎた衝撃のせいで、ともするとそのまま意識さえ手放してしまいそうになった。

「大丈夫か」

大地が枕《まくら》カバーがわりに巻いていたタオルで残滓《ざんし》を拭ってくれる。やさしく前髪をかき上げてくれる手に促され、そろそろと瞼を開いた。

「すみ、ません……その、ぼくばっかり……」

「俺がしてやりたいんだ。嫌じゃなかったか」

「大地さんに、してもらえるなら」

そう言った途端、大地はなぜか眉間を寄せる。

「おまえはそうやって、すぐに俺の理性を揺さぶる」

「え？」

「もっとやさしくしてやりたいのに、おまえを見ていると我慢が利かなくて困ると言ったんだ。これでも抑えているんだぞ」

思わずごくりと喉が鳴る。一度は外に放った熱が再び煽られるのが自分でもわかった。

「我慢、しないでください」

「翠？」

「もっと……してほしいです。ぼくも大地さんにしてあげたい」

自分にしてくれたように彼にも気持ちよくなってほしい。この好きで好きでどうしようもない気持ちを行為からも受け取ってほしい。そう思って大地の肌に触れたのだけれど、くすぐったかったのか、それ以上はやんわりと制されてしまった。

「俺はいい」

「で、でも」

自分から触るのは拙《まず》かっただろうか。はしたないと思われてしまっただろうか。

おずおずと上目遣いに見上げると、大地は「そうじゃない」と首をふった。

「今おまえに触られたら俺が保《も》たない。わかってくれ」

嫌なわけじゃないとつけ加えられてほっとする。

「それに、おまえにはしてほしいことが他にあるんだ」

「してほしいこと、ですか？」

ちょっと待っていてくれと言い置いて大地は立ち上がると、ほどなくしてボトルのようなものを手に戻ってきた。はじめて見るからよくわからないけれど、中に液体らしきものが入っている。

大地はそれを手のひらに出し、右手の指にていねいに塗した。

「ひとつになるための準備だ。おまえに、してもいいか」

はっとした。

全身に緊張が走ったのがわかったんだろう。安心させるように大地が頷く。

「無理強いはしない。おまえが嫌がることはしないと約束する」

「いいえ。嫌じゃないです。……でも、あの……どうしたらいいかわからなくて……」

「それなら俺に任せてくれるか」

思いきってこくんと頷くと、大地は翠の足の間に身体を割り入れてきた。大きく両足を開かされ、恥ずかしくてしかたないのをぐっとこらえる。覆い被さってきた彼にやさしくくちづけられ、気持ちがほっとしたところで不意に足の間に濡れた指先が触れた。

「んんっ」

「大丈夫だ、翠」

あやすように唇を啄《ついば》まれ、ちゅっと吸われて、気も漫ろになったところで再び後孔の周囲をぐるりと撫でられる。自分でも触れたことのないような秘所に彼の手が触れているんだと思うと頭がくらくらした。

「力を抜いていてくれ」

「あぁ、ぁ……」

硬い蕾《つぼみ》にそっと指が差し挿《い》れられる。はじめてのことにこわばる身体を宥めながら、長い指は慎重に翠の中を拓いていった。

少し挿《はい》っては止まり、慣れた頃合いを見計らってはまた進む。深さを増していくに従い抽挿に緩急が加わり、得も言われぬ感覚に翠はただ溺れるしかなかった。

『なんて熱いんだ、おまえの中は……。眩暈がしそうだ』

「……ん、っ……」

大地の想いが身体の中から直《じか》に届く。

「痛みはないか」

「だい、じょ…ぶ、です」

自分なんかよりずっと我慢をしている彼の方が辛いだろうに、そんなことはおくびにも出さず気遣ってくれることがうれしくて、翠は精いっぱい笑ってみせた。

ほんとうはすぐにでも受け入れたいのに、指一本で身体がこわばっていてはとても無理だ。だからせめて今は少しでも早く、身体の力が抜けるように努めなくては。

「大地さん」

続きを促すと、大地はキスとともに指の動きを再開した。

一度引き抜かれた指が今度は二本揃えて挿れられる。倍に増えた圧迫感に息を呑んでしまいそうになるのを彼の唇が巧妙に阻んだ。濡れた舌に首筋を舐め上げられ、ふっくらと育った胸の尖りを啄まれると頭の中が真っ白になる。その隙を見計らって長い指が強引に隘路《あいろ》をこじ開けていった。

「……はぁ、っ……んん……」

中を拓くようにぐるりと内壁を押し上げられる。

「んんっ」

その瞬間、強烈な感覚に襲われ、危うく気を遣りそうになった。

「なに、……今、……？」

「ここがおまえのいいところだな」

「え？　あ…、やぁっ」

立て続けに二度、三度とその場所を押され、ビクビクと身体が跳ねる。先ほど達したというのに自身は硬さを取り戻し、先端からたらりと蜜を垂らした。

「んっ…、ん、ん、……っ」

いつの間にか指は三本に増え、頑《かたく》なだった蕾も綻びはじめる。

「いい子だ。上手にできるようになったな」

それまで胸元を啄んでいた唇が徐々に下がっていったかと思うと、足のつけ根から叢《くさむら》、そして翠自身へと舌を這わされ、あまりのことに息が止まった。

「だ…、だ、め……っ」

そんなところを舐めるだなんて。

「おまえを味わわせてくれ。どこもかしこも俺のものにしたい」

「あっ、あぁっ……」

強すぎる刺激に手も足も出ない。一度達して敏感になっている翠自身はぬるぬるとした愛撫を悦《よろこ》び、さらには深々と埋めこまれた指によっていい場所を擦り上げられ、中と外の甘い責め苦にただただ身悶《みもだ》えるしかなかった。

「だめ、そんな……、……した、ら……」

またひとりだけ達してしまう。あといくらもしないうちに上り詰めてしまう。

懸命に大地の腕を摑んで訴えると、ややあって自身が熱い咥内から解放された。後ろからも指が抜かれてほっとしたのも束の間、さらに大きく両足を開かされる。いつの間にか大地の前は寛《くつろ》げられていて、そこには自分よりも一回り大きなものがそそり立っていた。

「怖がるな。ゆっくりでいい、俺を受け入れてくれ」

「大地さん……」

両足が持ち上げられ、後孔に熱塊が押し当てられる。はじめて触れるそれは信じられないほど熱かった。ドクドクと脈打つ大地に蕾は戸惑い、小刻みに収縮をくり返す。やがて期待にふるえはじめる頃を見計らってグイと腰が押し出された。

「……ぁ、……っ……」

丹念に慣らされたおかげで痛みは少ないものの、いかんせん質量が大きすぎて圧迫感に声も出ない。ギリギリまで開かされた蕾はそれでも大地を呑みこもうと、彼が刻む動きに従順に従った。

少し進んでは慣れるまで待ち、抜ける寸前まで引いてからまた突き入れられる。そのたびにぞくぞくしたものが背筋を這い上り、身体の表面が炎で炙《あぶ》られたように熱くなった。

「だい、…ち、さ……、ぁ……っ」

「翠……翠……」

どれくらいそうして一進一退をくり返しただろうか。大きく張り出した先端が埋めこまれるや、長大な雄は隘路をこじ開け奥まで一息に貫いた。

「あぁぁっ」

ズンと最奥を突かれた瞬間、翠自身から白濁が散る。一度目の吐精のような勢いはない代わり、高みを極めたまま下りてこられなくなった。

「あ、あ、あ……」

両手で腰を抱えられ、ゆっくりとした抽挿がはじまる。なにをされても気持ちがよくてしかたなくて、わずかな動きにも身体をふるわせながら立て続けに精を放った。

「ど、しよ……こん、な……」

「ためらうことはない。俺で気持ちよくなってくれ」

「大地…、さん、は……？」

「あぁ。最高だ」

ガクガクと揺らされながら必死に大地に手を伸ばす。手首にくちづけてくれた大地は、そのまま翠の両手を自分の首にかけさせた。

大地の上体がぐっと下がり、それによって中の切っ先がいい場所を深く抉《えぐ》る。

「……っ」

またも強烈な射精感に襲われ、翠は身も世もなく惑乱した。

「だめ、も…、おかしくなっちゃ、……ぁっ、あ……」

「俺ももう限界だ。しっかり摑まっていてくれ」

両足を担ぎ直した大地によって激しい抽挿がはじまる。たちまちトップスピードに駆け上がっていく彼に翠は愛しさとともに身を任せた。

大地を受け入れ、ひとつになって、高みへと駆け上がるのはなんて素敵なことだろう。お互いを高め合えるなんてなんて素晴らしいことだろう。

「翠……」

低くふるえる声が自分を呼ぶ。自分だけを呼ぶ。

「大地さん……、も、う……」

「俺も、達《い》きそうだ」

目を見つめ合い、名を呼び合い、両手にあふれるほどの愛だけを持って、そして。

「――――……」

声にならない叫びとともに蜜を散らす。

ほとんど同時に大地もまた翠の中で爆ぜた。ドクドクと熱い奔流を注ぎこまれ、これで身も心も彼のものになったんだと実感する。そして彼もまた、自分のものになってくれた。

お互いがお互いの生涯の伴侶《はんりょ》に。

「翠。ありがとう……愛している」

静かに重なってくる唇を万感の想いで受け止める。

「お礼を言うのはぼくの方です。大地さんに出会えてほんとうによかった」

「それこそ俺の台詞だ。……翠、これからも俺と一緒にいてくれるか」

「はい。よろこんで」

至近距離で微笑み合う。

やがてどちらからともなく顔を寄せ合い、誓いのキスに瞼を閉じた。

数日後、琥珀亭ではささやかなパーティが行われることになった。

ドアには『本日貸し切り』のプレートがかけられている。それを何度も確認しながら、翠はそわそわと浮き足立つ気持ちを抑えられずにいた。

紆余曲折《うよきょくせつ》ありながらも大地と結ばれ、これからもこの店でホールスタッフとして働き続ける翠に、常連の皆がお祝いをしてくれることになったのだ。

夏祭りの時も着つけをしてくれた狐が、彼女曰《いわ》く「今までで一番」というほど気合いを入れて主役の翠をコーディネートしてくれた。袖を通したのは手触りのいい白いシャツに共布のリボンタイ、それに淡いグレーのやわらかなパンツだ。洋服に詳しくない自分でもその着心地からとてもいいものだとわかる。

「翠ちゃんにぴったりね」

後ろから姿見を覗きこんだ狐も満足そうだ。このまま服をプレゼントしてくれるという彼女は微笑みながら何度も頷いた。

「あの…、ほんとうにいいんでしょうか。ぼくにはもったいないくらいです」

「なに言ってるの。今夜は特別なお祝いじゃない」

「え？」

「大事な翠ちゃんのお嫁入りだもの」

「え？　え？」

サラッととんでもないことを言われた気がする。

くすくす笑う狐を前にひとりで慌てていると、奥から大地がやって来た。

「支度はできたか。……あぁ、似合うな」

翠を見るなり、大地は眩《まぶ》しいものを見るように目を細める。最近ではその身体に触れずとも彼の考えていることがわかるようになってきた翠だ。自分の姿に少なからずよろこんでもらえたことがわかってほっとした。

そんな大地も、今夜は趣を変えてコットンリネンのベージュのスーツに白いシャツを合わせ、胸にはポケットチーフを挿している。いつものコックコートとはまるで違うけれど、そんなスタイルも褐色の肌によく映えて男らしく、思わずドキッとしてしまった。

「大地さんも素敵です」

「そう言ってもらえると、めったに着ないスーツを引っ張り出した甲斐があった」

大地がひょいと肩を竦める。照れた時の癖なのだ。目が合うとなんだかくすぐったくて、ふふふと笑っているうちにしあわせで胸がいっぱいになった。

「よかったわねぇ、ふたりとも」

翠のリボンタイを整えながら狐がしみじみと呟く。

「やっと好きって言えたのね。ちゃんと恋人同士になれたのね。ほんとによかった」

「狐さん……」

その目には涙が浮かんでいる。自分のことのようによろこんでくれるのがうれしくて、ふさふさの九尾の尻尾《しっぽ》ごと両手で狐を抱き締めた。

「ありがとうございます。狐さん、大好きです」

「あたしもよ」

狐もぎゅうっと抱き返してくれる。

あぁ、胸が痛いくらいだ。こんなふうに誰かに祝福してもらえるなんて思わなかった。想いが通じ合うことすら想像もしていなかったから。

腕を解いた狐が、今度は傍らの大地を見上げる。

「娘を嫁に出す母親の気分だわ。マスター、翠ちゃんをしあわせにしないとあたしが承知しないんだから」

「全身全霊を賭《か》けて、約束します」

きっぱりと言いきった大地に狐は安堵のため息をつき、それから場の空気を和ませるように大袈裟に洟を啜ってみせた。

「ウォータープルーフのマスカラでよかったわ。さっきから涙が止まんないじゃないの」

戯《おど》けてみせる彼女に、大地と顔を見合わせて笑う。

そうこうしているうちにカランコロンとドアベルが鳴った。他の招待客より少しばかり早く来てくれたドクターはいつものように山高帽をひょいと掲げ、鵺は片目を瞑ってここぞとばかりに口笛を吹いた。

「またずいぶんめかしこんだな」

「やぁやぁ、これはかわいらしい。翠くん、これからもどうぞよろしくお願いしますね。おふたりが仲良くしているところを見ると僕らまでうれしくなりますよ」

「こりゃ本格的に、マスターを仲間にする準備もしないとな」

すかさず大地が鵺に頭を下げる。

「お手数をおかけします。お力に頼るばかりで心苦しいですが……」

「いつもおいしいものを食べさせてもらってる分、ここらで役に立たないとね」

「そう言ってもらえるとありがたいです」

和やかに話していると、狐がカウンターに向かってちょいちょいと手招きをした。

「いっちゃん、さんごちゃん、あんたたちも出てらっしゃいな。せっかくかわいくしたんだから」

カウンターの陰に隠れるようにして子供たちが顔を覗かせている。

ふたりとも子供用スーツに身を包み、首にはかわいらしい蝶《ちょう》ネクタイを結んだ格好だ。

自分たちが着替える時はあんなにきゃっきゃしていたのに、翠がよそ行きの格好になった途端、なぜか物陰に隠れてしまったのだ。

皆の注目を浴びて子供たちはさらにもじもじとする。照れくさくなったのかもしれない。それを察した翠は輪を外れ、ふたりの前まで行ってしゃがみこんだ。

「いちごさん。さんごさん。おふたりのかわいいお顔をもっとよく見せてください」

手を伸ばすと、ふたりとも目をぱちぱちさせながら手のひらと翠とを交互に見上げる。

「ごめんなさい。ぼく、やっぱり変ですか？」

察しのいい子供たちにはやはり分不相応なのがわかるのかもしれないと不安になり、思いきって訊ねてみると、ふたりは示し合わせたようにぶんぶんと首をふった。

「かわいい」

「かわいい」

声まで被る有様だ。

ついついぷっと噴き出す翠の左右の手を、ふたりはおずおずと握ってきた。

「翠、けっこんするの？」

「翠、およめさんになるの？」

「え？」

さっき狐が言っていたことを物陰で聞いていたんだろう。とっさに大地を見上げると、彼は鳶色の目を細めてはっきりと頷いてくれた。言ってもいい、の合図だ。

――大地さん……。

胸がじんと熱くなるのを感じながら子供たちに視線を戻す。

昂奮を隠しきれない漆黒の瞳。期待に満ちた真紅の瞳。そんなまっすぐな眼差しを受け止めながら、翠は小さな手をきゅっと握り返した。

「ふたりは許してくれますか？　大地さんのお嫁さんになってもいいですか？」

子供たちの顔が一気にぱあっとあかるくなる。

「いいよー！」

「やったー！」

わっと飛びついてくるふたりを抱き締め、心をこめてそれぞれの頬にキスを贈った。

「ありがとうございます。いちごさん、さんごさん。大好きですよ」

「おれもおれも」

「ぼくもぼくも」

顔を見合わせて微笑み合う。

これまでも仲良く暮らしてきたけれど、これからは家族としてこの子たちとともに生きていくんだ。そう思ったらこの一瞬一瞬がとても神聖なものに思えた。

「さーて。それじゃ、パパッと準備しちゃいましょ」

狐の声を合図に、常連たちはテーブルの配置を換え、料理の載った皿を並べはじめる。

今日は主役の翠に代わって三人がホールを担当してくれることになっているのだ。お客さんを働かせて申し訳ないと謝る翠に、常連たちは「今夜は特別」と口を揃えた。

「それにしても、こんな日の料理もマスターが作るのね」

ローストビーフを挟んだ大地特製のサンドイッチを運びながら、狐がおかしそうに眉を下げる。

「料理屋にケータリングを呼ぶのも変でしょう」

「大地さんのご飯が一番おいしいですもんね」

なにげなくつけ加えると、なぜか鴉に笑われてしまった。

「翠くんの惚気《のろけ》が聞けるとは」

「え？」

「あら、しあわせな証拠でいいじゃない。もっともっと聞きたいわ」

狐にもウインクをされる始末だ。

なにか変なことを言ってしまっただろうかとドギマギしていると、大地にやさしく頭を撫でられた。

「ありがとうな、翠」

「はい」

それだけで心がふわっとあたたかくなる。「俺も同じだ」と目で語った大地は姿勢を正

し、あらためて常連たちに向き合った。

「これからは、翠と二人三脚でやっていきます。今後ともよろしくお願いします」

「もちろん。これからも通い詰めるよ」

「ここは僕たち常連にとって、とても大切な場所ですからね」

「なにかあったら遠慮なく言うのよ。水くさいことは言いっこなしよ。いいわね？」

狐に顔を覗きこまれ、「はい」と頷く。

なんてしあわせな空間だろう。やさしい仲間たちがいてくれてよかった。これからも、こんな日が続いていくことを心の底から願っている。

大地を見上げると、こちらを見返す鳶色の瞳もまた同じ想いだと告げていた。

「翠。これからも、幾久しくよろしく頼む」

「はい。こちらこそ」

肩に置かれた大地の手に自分のそれをそっと重ねる。この気持ちまで伝わるといいなと思いながら目を細めた時だ。

「んま。公開プロポーズまで聞けちゃったわ」

「え？　えっ？」

「マスター、わざとだろう？」

「さぁ、どうですかね」

大地がしれっと肩を竦める。

「大地さん、あ、あの……」

四人が顔を見合わせて笑う意味がわからなくておろおろとしていると、それも全部包みこんでしまうかのようなやさしいキスが額に落ちた。

「あ…」

触れられたところから甘い熱が広がっていく。きゅんと疼く胸を押さえ、翠は上目遣いに大地を見上げた。

生涯をともにしてくれる、愛しい愛しい旦那《だんな》様。

「翠。愛している」

心からの言葉に、翠もまた満面の笑みでそれに応えた。

「ぼくも、愛しています。大地さん」

カランコロンとベルが鳴って、見知った顔がドアを開ける。招待客がやって来る時間になったようだ。

「さぁ、楽しい夜のはじまりだ」

大地の言葉に歓声が上がる。

来てくれた客を笑顔で出迎えながら、ふたりはこれからはじまるしあわせな日々に胸を躍らせるのだった。

あとがき

こんにちは、宮本れんです。ラルーナ文庫様でははじめましてになります。

『初心なあやかしのお嫁入り』お手に取ってくださりありがとうございました。

私自身お料理が好きで、これまで何作かお話を書かせていただいてきましたが、今回は庶民的な洋食屋さんが舞台です。洋食っていいですよね。お家で作るオムライスからお店でちょっと背伸びをしていただくビーフシチューまでそれぞれに違った味わいがあって、食べるとどれもほっとします。そんなおいしいご飯とともに、キャラクターたちの恋愛や成長を見守っていただけたらと思い、読んでくださった方々を琥珀亭にお迎えするような気持ちで書かせていただきました。

それにしても今回は、個性豊かな脇役にとても助けられました。翠がしゅんとなるたび子供たちに元気づけられ、ドクターに労られ、狐に励まされ、鶫に応援されて、あかるくにぎやかなお話になりました。お相手の大地とは果てしなくすれ違う両片想いでしたが、結ばれてからは常連たちも呆れるほどのラブラブぶり……飯テロならぬラブテロですね。

そんなふたりはこれからも仲良くやっていくと思います。あやかしツインズのいちごとさんごはどんなふうに成長するでしょうか。また常連たちをはじめ、琥珀亭に集う仲間もこれからどんなことがあるのかなど、機会があれば書いてみたいです。

本作にお力をお貸しくださった方々に御礼を申し上げます。

すずくらはる先生。いつかご一緒できたらと思っておりましたので、念願叶って感無量です。愛らしさ全開のイラストで作品を飾ってくださりどうもありがとうございました。

担当F様。このたびはご縁をいただきありがとうございました。こまやかなフォローに大変助けられました。今後ともどうぞよろしくお願いいたします。

最後までおつき合いくださりありがとうございました。よろしければお声をお聞かせください。編集部にご感想をお送りくださった方にはお礼のSSペーパーをお送りします。また、ツイッター（@renm_0130）でも個人企画をお知らせしようと思っていますので、よろしければチェックしてみてくださいね。

それではまた、どこかでお目にかかれますように。

宮本れん

本作品は書き下ろしです。

ラルーナ文庫

この本を読んでのご意見・ご感想・ファンレターなどお待ちしております。〒111−0036 東京都台東区松が谷1−4−6−303 株式会社シーラボ「ラルーナ文庫編集部」気付でお送りください。

初心《うぶ》なあやかしのお嫁《よめ》入《い》り

2018年7月7日 第1刷発行

著　　者｜宮本《みやもと》れん
装丁・DTP｜萩原 七唱
発 行 人｜曺 仁警
発 行 所｜株式会社 シーラボ
〒111-0036 東京都台東区松が谷 1-4-6-303
電話 03-5830-3474／FAX 03-5830-3574
http://lalunabunko.com
発　　売｜株式会社 三交社
〒110-0016 東京都台東区台東 4-20-9 大仙柴田ビル2階
電話 03-5826-4424／FAX 03-5826-4425
印刷・製本｜中央精版印刷株式会社

ISBN978-4-87919-960-7

LaLuna
毎月20日発売！ ラルーナ文庫 絶賛発売中！

仁義なき嫁

高月紅葉 イラスト：桜井レイコ

組存続のため大滝組若頭補佐に嫁いだ佐和紀。
色事師と凶暴なチンピラの初夜は散々な結果に。
定価：本体700円＋税

三交社